Hunde Senior – na und?

Aloha Ipo und die Lust am Leben

Beate Schmöller

Hunde Senior – na und?

Aloha Ipo und die Lust am Leben

AlohaIpo Verlag

Bibliografische Information der Deutschen Nationalbibliothek. Die Deutsche Nationalbibliothek verzeichnet diese Publikation in der Deutschen Nationalbibliografie; detaillierte bibliografische Daten sind im Internet über http://dnb.d-nb.de abrufbar.

ISBN 13: 978-3-941745-01-8 (Printbuch)
ISBN 13: 978-3-941745-03-2 (eBook Format EPUB)
ISBN 13: 978-3-941745-05-6 (eBook Format PDF)

Text: Beate Schmöller
Fotos: Robert Schmöller
Titelgestaltung: Beate Schmöller
Druck und Bindung: Auer Donauwörth

AlohaIpo Verlag, Robert Schmöller
E-Mail: verlag@alohaipo.com
www.alohaipo.com

Ein lustiges Buch über das Älterwerden

An jedem Geburtstag, den wir mit unserem Golden Retriever Ipo feiern durften, mischte sich ein klein wenig Wehmut unter die Festtagsstimmung. Die Zeit rückte unaufhaltsam voran. Ipo war fit und gesund. Doch die Jahre gingen auch an ihm nicht spurlos vorbei. Sein Körper alterte. Gleichzeitig aber schien seine Lebensfreude stetig zu wachsen.

In fünf Büchern habe ich bisher die Lebensgeschichten von Ipo niedergeschrieben. Die dreiteilige Buchreihe „Aloha auf vier Pfoten" ist purer Lesespaß. In heiter, amüsanten Geschichten schildert Ipo darin seine Sicht der Welt. Mit vielen Bildern untermalt, erzählt er von seinen Erlebnissen als Welpe, als ausgewachsener Golden Retriever und erwachsener Goldie Rüde.

In „Aloha auf vier Pfoten Momente" entwickelt sich Ipo zum Philosophen im Hundepelz. In „Aloha Ipo – meine Liebe auf vier Pfoten" finde ich die Antwort auf die Frage, warum wir Menschen unser Herz an feuchte Hundeschnauzen verlieren.

Auf vielfachen Wunsch der Ipo Lesefans veröffentliche ich jetzt dieses sechste Buch. Darin berichtet Ipo aus seinem Leben als Hundesenior. Während ich die Geschichten zu Papier brachte, änderte sich meine Sicht auf das Älterwerden. Ich habe die positiven Seiten im Leben mit einer „grauen Schnauze" entdeckt. Ipo macht sich überhaupt nichts aus dem Alter. Statt darauf zu achten, was ihm nicht mehr möglich ist, konzentriert er sich voll und ganz auf das, was er noch kann. Ipo lebt im Hier und Jetzt.

Statt zu jammern, dass die Zeit der langen Spaziergänge vorbei ist, genießt er die Sonnenstrahlen auf der Terrasse im Garten. Ipo ist nicht traurig über das, was war, sondern begrüßt freudig das, was ist. So entstand ein positives Buch über das Glück, einen älteren Hund an der Seite zu haben. Dankbar und mit Freude erinnere ich mich darin an die vielen schönen Momente mit meinem vierbeinigen Powerrentner. Wir hatten viel Spaß bei der Arbeit an diesem Buch und wünschen Ihnen, dass Sie beim Lesen die gleiche Freude empfinden.

Ihre Beate Schmöller (Frauchen und Schreiberling)

Robert Schmöller (Herrchen und Fotograf)

Ipo (Powerrentner und Aloha Boy auf vier Pfoten)

Inhalt

Mit Freude durch die goldenen Jahre

Ich hatte gerade meinen dreizehnten Geburtstag gefeiert, als ein Routinebesuch beim Tierarzt anstand. „Ipo gehört jetzt zu den älteren Hunden“, sagte er. Dieser Satz sollte mein Leben komplett verändern. Von nun an durfte ich nicht nur ungeniert betteln, Frauchen sah auch über so manche meiner Unarten großzügig hinweg. Lange Wanderungen wurden für mich zunehmend anstrengender. Auch auf stundenlangen Spaziergängen konnte ich Frauchen nicht mehr begleiten. Dafür konzentrierte ich mich auf andere Stärken, die meinem Leben einen Sinn gaben: Jetzt hatte ich endlich Zeit, mich nur noch darum zu kümmern, die Herzen der Menschen zu erobern und Freude in ihr Leben zu bringen.

Dreizehn und kein bisschen leise

Klar, ich erfülle diese Mission nicht ganz uneigennützig. Die angenehmen Begleiterscheinungen in Form von ausgiebigen Streicheleinheiten, großzügig ausgelegten Anstandsregeln und ein Futterplan, der nur aus meinen Lieblingsspeisen besteht – diese Annehmlichkeiten des Alters kann und will ich nicht von der Pfote weisen. So lernte ich auch im Seniorenalter schnell, wie ich mir die Rosinen aus dem Leben picke. Übertrieb ich es damit aber und erkannte Frau-

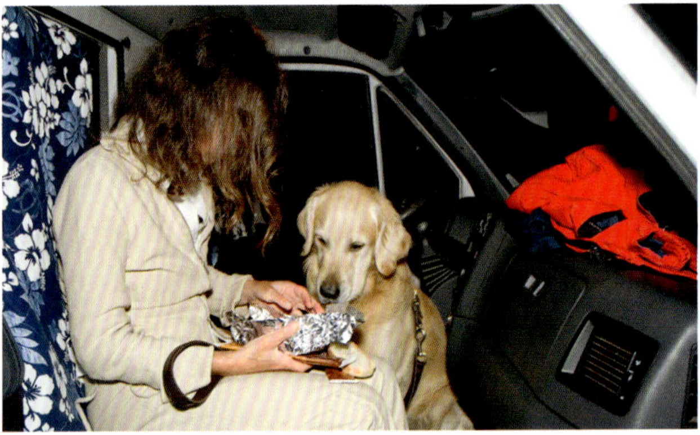

Wo sind nur die Rosinen?

chen, dass ich ihre Großzügigkeit schamlos ausnutzte, schraubte ich meine Ansprüche für kurze Zeit wieder zurück. Selbstbedienung bei den Keksen am Wohnzimmertisch strafte Frauchen immer noch mit einem strikten „Nein, Ipo." Selbst wenn ich den Inhalt nicht fraß, sondern lediglich die Tüte apportierte, war Self Service tabu. Das ich selbst Herrchens konsequentes Verhalten in Sachen Erziehung komplett aufweichte, darauf bin ich besonders stolz.

Lest selbst, wie ich es bis ins hohe Alter schaffe, mir selbst treu zu bleiben und dabei von allen ganz fest geliebt werde.

Viel Spaß und Mahalo – „Wuff“ Euer Ipo
Man ist so alt, wie man sich fühlt.

Aloha, ich bin ein Hawaiianer

Wie vielleicht so mancher von Euch weiß, habe ich mein erstes Leben auf der Insel Maui/Hawaii verbracht. Ich lebte in einer Welt voller Liebe, Freundschaft und Harmonie. Ich verbrachte die Tage am Strand und tobte mit den Surfern in den Wellen. Ich lebte im Paradies und entwickelte eine Lebensfreude, die ich mit allen Menschen teilte.

„Aloha Spirit" auf vier Pfoten

Ich hatte großen Spaß und erfuhr zum ersten Mal Traurigkeit, als ich mein jetziges Frauchen und Herrchen auf der Insel kennen und lieben lernte und sie mich bei ihrer Abreise zurück lassen mussten. Ich war schon alt und spürte tief in mir, dass ich die beiden zwar nicht hier, aber irgendwo anders wieder treffen würde. Ich war davon überzeugt, dass ich den Weg zu ihnen finden und dann ein neues Leben gemeinsam mit ihnen verbringen würde.

So ist es geschehen. Ich zog als Welpe bei ihnen in Deutschland ein. In Erinnerung an unsere gemeinsame

Zeit auf Maui/Hawaii nannten sie mich Ipo. Und auch wenn ich dieses Leben nicht auf Hawaii, sondern in Deutschland verbringe, so lebe ich mit jeder Faser meines Herzens den „Aloha Spirit". Ipo heißt, übersetzt aus dem Polynesischen, Liebling. Ich bin der Liebling vieler Menschen geworden. Spaß, Freundschaft, Liebe – damit habe

Maui/Hawaii – hier ist nur Platz für Freude und Liebe.

ich (fast) alles, was ich zum Leben brauche. Mein Lebensalter spielt dabei keine Rolle. Ich bin ein Stück Hawaii auf vier Pfoten und werde es für immer und ewig sein.

Attraktiv im Alter

Ich erinnere mich gut an meine ersten Begegnungen mit dem weiblichen Geschlecht. Ich war ein echter Draufgänger und bestürmte die Hundedamen regelrecht. Heute bin ich ruhiger und ich setze meinen ganzen Charme ein, um die Herzen der Damen zu gewinnen. Zugegeben, bei Teenies und jüngeren Jahrgängen kann ich damit zwar nicht punkten – aber deren Vitalität und Bewegungsdrang fühle ich mich auch nicht mehr gewachsen.

Ab einem Altersunterschied von mehr als zehn Jahren kommt es auch unter Vierbeinern zu Interessenkonflikten. Für eine Hündin von zwei Jahren bin ich eben ein Opa. Sie wird mich respektieren, sich aber nicht Hals über Kopf in mich verlieben.

Was heißt hier Opa?

Trotz allem kann ich meine Pfoten von so manchem jungen Wesen nicht lassen. Eine blutjunge Rhodesian Ridgeback Hündin namens Kanga forderte erst vor kurzem mein ganzes Geschick, innerhalb weniger Sekunden um mindestens fünf Jahre jünger auszusehen. Ich begegnete ihr auf meinem Abendspaziergang. Von weitem zog mich ihre Eleganz magisch an. Ihr glänzendes Fell, ihr entschlossener Ausdruck und ihr wohl proportionierter Körper weckten sofort mein Interesse.

Brust raus, Bauch rein. Betont leichtfüßig trabte ich auf sie zu. Auf gleicher Höhe versuchte ich, meinen

Rücken so gerade wie möglich zu halten. So konnte ich mein fortgeschrittenes Alter immer noch gut kaschieren. Leicht, locker trabte ich mit Kanga den Weg entlang.

Meine Ausdauer verblüffte nicht nur mein Herrchen, auch Kangas Frauchen konnte kaum glauben, dass mein fünfzehnter Geburtstag in Reichweite war. Kanga und ich entfernten uns immer weiter von unseren Hundeführern. Herrchen traute seinen Augen nicht, als er sah, wie ich ohne große Anstrengung mit der jungen Hundedame mithielt und zu guter Letzt sogar seine Rückrufversuche ignorierte. Kangas Hundeführerin kam ihm zu Hilfe: „Warte, ich rufe Kanga zu mir. Dann kommt Ipo sicherlich auch zurück."

Seit dem Welpenalter hatte ich Herrchen nicht mehr in eine so peinliche Situation gebracht. Er war ziemlich verärgert. Ich brauche wohl nicht zu erwähnen, dass mein Techtelmechtel nun ein schnelles Ende fand. Angeleint musste ich mich von Kanga und ihrem Frauchen verabschieden. Ehrlich gesagt war ich nicht ganz undankbar, denn meine Maskerade vom Rüden im besten Alter hätte ich nicht mehr lange aufrechterhalten können. Zu Hause schlief ich göttlich und länger als sonst. Dieser Ausflug hat

Eine Hundedame hat mich voll geschafft.

mich, trotz aller Anstrengungen, mächtig stolz gemacht: Offensichtlich bin ich auch im Alter noch sehr attraktiv.

Während ich bei jungen Hundedamen nur ab und an landen kann, bin ich bei erwachsenen Hündinnen und älteren Semestern als „Charmebolzen" äußerst gefragt. Sandy, eine Tibet Terrier Hündin von dreizehn Jahren, ist mir besonders ans Herz gewachsen. Anfangs zaghaft und zurückhaltend, läuft sie mir heute freudig entgegen.

„Na, Ipo. Wie geht's?", lautet immer ihre erste Frage.

„Blendend", antworte ich, selbst dann, wenn es an den Hinterläufen mal zwickt.

Im Gegensatz zu mir, liebt Sandy Tage, an denen die Temperaturen im Keller sind. Während ich nur noch mit einer wärmenden Hundedecke vor die Türe gehe, ist Sandy bei eisigen Temperaturen selbst ihm hohen Alter noch voll in ihrem Element. Dafür leidet sie an Hochsommertagen Höllenqualen und wartet bis in die späten Abendstunden, ehe sie mir einen Besuch abstattet. Sie legt sich dann auf die kalten Fliesen in den Schatten und schüttelt verständnislos den Kopf darüber, wie ich mich nur freiwillig in der Sonne rekeln kann. Kein Wunder, denn Tibet Terrier wurden ursprünglich als Hütehunde für raue Bedingungen gezüchtet und haben deshalb ein üppiges Haarkleid. So macht einzig der Besuch beim Hundefrisör den Sommer für Sandy erträglich. Nur gut, dass ich für einen Golden nur wenig Unterwolle habe. Undenkbar, das mir einer mit der Schere an die Wolle geht. Wenn es mir zu heiß wird, gibt es immer ein kühlendes Nass. Zur Not bade ich in jeder noch so kleinen Wasserpfütze. Auch wenn die Wohlfühltemperaturen von Sandy und mir weit auseinanderliegen, verstehen wir uns prächtig.

Heiße Liebschaften verlangen einen kühlen Kopf.

Fernbeziehung

„Mein Herz gehört Dir. Ich liebe Dich von ganzem Herzen." Diese Worte aus der Schnauze einer zweijährigen, prächtig aussehenden Goldie Hündin mit Namen Sunny, machten mich besonders stolz. Unsere Frauchen tauschten sich per E-Mail aus und übermittelten so Botschaften und Liebesschwüre zwischen Sunny und mir. Wir führten eine Fernbeziehung, was durchaus Vorteile hatte: Der große Altersunterschied zwischen uns machte sich überhaupt nicht bemerkbar.

Vor kurzem stellte mir der Postbote einen gut duftenden Brief zu. Absender war meine heiß geliebte Brief-

Heute brauche ich keine Übersetzung.

freundin. Jetzt konnte ich endlich ihren Geruch erschnüffeln und mir selbst ein Bild von ihr machen. Ihren Zeilen und ihrem Duft nach zu urteilen, wäre Sunny genau meine Kragenweite.

Wir fanden viel Übereinstimmung was unsere Vorlieben für Futter, Freizeitbeschäftigungen und Aussehen betraf. Die Frage, ob ich mein Futter auch so gierig hinunterschlinge, konnte ich allerdings nicht bejahen. Ich war immer schon ein besonnener Futterverwerter.

„Du musst lernen, zuerst das Beste aus dem Napf zu picken. Bist du nach dem Verzehr deiner Lieblingsspeisen noch nicht satt, kannst du die Füllstoffe immer noch verwerten, damit du nicht hungrig vom Napf weggehst“, versuchte ich ihr zu erklären.

Leider schlang Sunny ihr Futter trotz meiner Ratschläge so schnell hinunter, dass ihr Frauchen Angst hatte, sie könne daran ersticken.

„Ich habe einen speziellen Futternapf bekommen“, schilderte sie prompt kurze Zeit später. „Am Boden sind

Was gibt's Neues von Sunny?

lauter Noppen angebracht. Sie verhindern, dass ich mein Futter zu hastig aufnehme."

„Das hast du nun davon", antwortete ich. „Das wird ein großes Stück Arbeit. Dein Frauchen zu überzeugen, dass Du auch brav und langsam fressen kannst. Aber Du bist noch jung und hast Dein ganzes Leben vor Dir. Wird schon werden."

Ich hörte lange nichts mehr von ihr und machte mir Sorgen, als plötzlich Nachricht kam. „Hallo Ipo! Ich hoffe Du bist nicht böse. Ich habe einen neuen Freund an meiner Seite. Ein Goldie Rüde von zehn Jahren. Leider hatte er im Leben nicht so viel Glück wie wir beide. Mein Frauchen hat sich entschieden, ihn bei uns aufzunehmen. Er ist wirklich ein toller Kerl. Ich hoffe, Du bist nicht böse."

Ich freute mich für Sunny. Jetzt hatte sie einen erfahrenen Rüden an ihrer Seite, der ihr jede Menge lehren konnte. Dafür schenkte sie ihm ein kuscheliges Zuhause, indem er hoffentlich noch viele, glückliche Jahre verbringen kann. Unser Kontakt wurde spärlicher, doch ich spürte, dass es Sunny gut ging und sie ihr Leben in vollen Zügen genoss.

Erfahrung macht den Meister

Viele Aufgaben, die ich heute routinemäßig löse, habe ich von der Pike auf gelernt. Ich besuchte die Welpenspielstunden und absolvierte erfolgreich die Hundeschule. Das Leben im Alltag war allerdings mein größter Lehrmeister. In der Stadt, auf Reisen in die Berge und ans Meer – ich lernte ständig Neues. Im Laufe der Jahre konnte ich abschätzen, welche der ursprünglich trainierten Verhaltensregeln ich beachten muss und welche ich mit gutem Gewissen umgehen kann.

In Alltagsdingen bin ich ein alter Hase.

Pfiffe und Rufe kann ich mit fortschreitendem Alter getrost ignorieren. Frauchen nimmt mir mangelnden Gehorsam nicht übel. Sie vermutet, dass mein Hörvermögen mit jedem Lebensjahr nachlässt.

Stutzig wird sie nur, wenn ich das Rascheln der Kekstüte selbst über sehr große Entfernungen höre. Frauchens Versuch, auf Sichtzeichen auszuweichen, betrachte ich aus den Augenwinkeln heraus. Bei der Aussicht auf Belohnung, komme ich umgehend und freudig zu ihr zurück. Ansonsten bleibe ich ganz bei dem, was ich gerade mache und tue so, als wäre mir ihr Handzeichen überhaupt nicht aufgefallen. Auch dabei ist mir ihr Wohlwollen sicher, denn das Sehvermögen eines Hundeseniors lässt bekanntermaßen ebenfalls nach. Wirbeln Tennis- und Schneebälle durch die Luft, vergesse ich meine ausgeklügelten Taktiken. Dann gebe ich Vollgas und versuche, sie immer noch in der Luft zu fangen.

„Sitz!", „Platz Ipo!" Solche Befehle sind allein wegen meiner steiferen Gelenke schwieriger auszuführen. Aber ihr solltet mal sehen, wie geschmeidig meine Knochen sind, wenn ich heruntergefallene Brotkrümel unter dem Sofa hervorholen möchte. Eine meiner Lieblingsaufgaben nehme ich bis heute wahr. Alles, was in unserem Haus und Garten nicht festgenagelt und einigermaßen apportierfähig ist, trage ich durch die Gegend und

Warum lasst ihr auch alles einfach so rumliegen?

liefere es meistbietend ab. Frauchen hat sichtlich Bedenken, dass mich mit zunehmendem Alter das „Apportierfieber“ vollkommen erfasst. Früher machte ich mir oft einen Spaß daraus, mit meiner Beute durch die Gegend zu laufen. Nur gutes Zureden und leckere Kekse konnten mich überzeugen, sie schließlich doch herzugeben. Heute sind weder Wäschestücke, Einkaufstüten, Zeitungen, Schuhe noch Handtaschen unserer Gäste vor mir sicher. Diese Liste ließe sich endlos fortsetzen. Ihr glaubt nicht, was in einem normalen Haushalt alles herumliegt. Grundsätzlich kann ich sagen, dass auch im Alter eben alles eine Frage der Motivation ist.

Alles muss an seinen Platz.

Yoga und Jungbrunnen

Um fit zu bleiben, brauchen Zwei- und Vierbeiner Aufgaben, die sie herausfordern. Erfolgserlebnisse halten uns jung und stärken unser Selbstbewusstsein. Genauso wirksam gegen das Einrosten ist regelmäßige Bewegung.

Regelmäßiges Training bringt mich in Bestform.

„Wer rastet, der rostet", dieser Spruch gewinnt mit zunehmendem Alter enorm an Bedeutung. Dreimal täglich gehen Frauchen oder Herrchen mit mir über die Wiesen und Felder. Zu jeder Jahreszeit, bei jedem Wetter drehen wir unsere Runden. Dauer und Routen werden meiner Tagesform angepasst. Bei nasskaltem Wetter erledige ich nur das „Wichtigste" und kehre gerne wieder nach Hause zurück. Seit ich denken kann, war Frauchen eine Schönwetter-

spaziergängerin. Sie ist nicht undankbar, wenn ich im Alter diese Vorliebe mit ihr teile.

Regelmäßige Bewegung stärkt meinen Muskelapparat. Ebenso wichtig ist es, die Elastizität von Sehnen und Gelenken zu erhalten. Seit Jahren beobachte ich Frauchen, wie sie am Boden liegt und ihre Beine in den Himmel streckt. Sie schleudert ihre Arme nach links und nach rechts. Sie geht in den Vierfüßlerstand und bäumt sich auf – dann erinnert sie mich an unsere Nachbarskatze, wenn

„Doggie-Stretching" macht müde Muskeln munter.

diese sich vor mir erschrickt. Zum Schluss legt Frauchen sich auf den Rücken und macht gar nichts, außer ruhig durchatmen. Nach diesen Übungen wirkt sie vollkommen entspannt.

Was Frauchen gut tut, kann auch mir nicht schaden, dachte ich. Seither wälze ich mich genüsslich auf dem Rücken, strecke die Beine in die Luft und dehne mich in alle Richtungen. Ich weiß nicht, was mir besser tut. Die Dehnübungen oder Frauchens herzhaftes Lachen, wenn sie mich bei meinen Yogaübungen beobachtet. Das ist mir eigentlich auch ziemlich egal, denn ich weiß, dass Freude und Lachen noch immer die besten Waffen gegen das Alter sind.

Seniorenkleidung

Mann, wie fegte ich früher durch die Gegend! Ich war bekannt für einen schnellen Antritt und hohe Geschwindigkeiten. Ich war ständig damit beschäftigt, meinen Körper wieder abzukühlen. Selbst im Herbst sprang ich in kühlende Bäche und Seen. Zur Not tat es auch eine Wasserpfütze.

Heute lässt meine Laufleistung nach. Ich absolviere meine Spaziergänge in gemütlicherem Tempo. Dafür konzentriere ich mich jetzt darauf, die Duftmarken intensiver zu beschnuppern. „Chefinspekteur", nennt mich Herrchen, wenn ich jeden Grashalm und jede Duftspur genauestens unter die Lupe nehme. Ich lege weniger Wert auf Geschwindigkeit, gehe dafür aber viel mehr ins Detail. Während ich früher so manche Duftmarke im Hundegalopp überroch, geht an meiner Nase heute nichts mehr unbemerkt vorbei.

Im gemächlichen Tempo kommt mein Körper nicht so schnell auf Betriebstemperatur. Ich friere, wenn mir der Regen ins Gesicht peitscht oder sich der Schnee auf mein Fell legt. Für Frauchen Anlass genug, um nach Hundedecken und anderen wärmenden Outdoorprodukten Ausschau zu halten. Sie wurde schnell fündig und war heilfroh, dass ich für den nächsten Wintereinbruch bestens gegen Nässe und Kälte gerüstet war. Auch wenn sich inzwischen wieder warme Föhntage eingestellt hatten, war sie nicht davon abzubringen, mich daran zu gewöhnen, mit Hundemantel vor die Tür zu gehen.

Ich hatte keine Lust auf diesen modischen Schnickschnack. Mich überzeugte weder das atmungsaktive Material, noch der angeblich vorteilhafte Schnitt. Einzig die leckeren Belohungskekse bei der Anprobe konnten meine Bedenken zerstreuen. Während mir Frauchen die modische Errungenschaft anlegte, schwirrten mir jede Menge unangenehmer Gedanken durch den Kopf. Ich hörte bereits die anderen Rüden lästern: „Sieh mal. Jetzt ist Ipo

Warum soll ich mir einen Müllsack überziehen?

alt geworden. Ipo, der Schoßhund. Weichei." Die Tatsache, dass Frauchen die XL-Version des Hundemantels bestellt hat, machte es mir nicht leichter. Das Ding hing wie ein Sack an mir.

Nur gut, dass Herrchen sich einmischte und den Mantel eine Nummer kleiner orderte. Als dieser geliefert wurde, hatten wir Novemberschmuddelwetter. Frauchen kannte kein Pardon und streifte mir den Mantel über. Es

Na, wie sehe ich aus? Wie steht mir der coole Hundemantel?

schüttete wie aus Eimern. Meine Gelenke, Muskeln und Sehnen waren geschützt. Unter der Decke war mir wohlig warm und mein empfindlicher Rücken blieb geschmeidig. Als mir andere Hundehalter bestätigten, wie gut mir der neue Mantel steht, war ich restlos überzeugt. Selbst bei meinen männlichen Artgenossen erntete ich Bewunderung. Ich trage meinen Hundemantel nun mindestens genauso stolz wie mein schönes Fell und fühle mich pudelwohl darin.

Mit Hundemantel liege ich dieses Jahr voll im Trend.

Angespornt durch die positive Resonanz auf den Hundemantel, suchte Frauchen weiter nach schützender Kleidung für alte Hunde. Als sie mir freudig vier Neoprenschuhe unter die Nase hielt, war ich mit meiner Geduld am Ende. Nur gegen einen extra großen Hundekeks ließ ich mir die Schuhe an die Pfoten machen. „Rausgehen damit, niemals!“

Einmal mehr griff Herrchen rettend ein. „So alt ist Ipo nun auch wieder nicht. Mit den Schuhen können wir noch ein paar Jahre warten.“

Das ist gerade noch einmal gut gegangen. Selbst bei minus fünfzehn Grad konnte ich dankend auf die Gehhilfen verzichten. Als ich mir die Vorderpfote an einer Eisplatte aufschlitzte, überlegte ich kurz, ob ich Frauchen doch gewähren lassen sollte. Noch ehe sie die Schuhe aus der Kiste kramte, war der Schnitt bereits wieder verheilt.

Gestiefelter Kater – von wegen!

Zum Glück bestand Frauchen nicht darauf, dass ich zu Hause mit Schuhen an den Pfoten laufen musste. Zugegeben, der Parkettboden leidet immer noch unter meinem Antritt. Holz bietet nun mal guten Grip. Andere Vierbeiner werden sicherlich bestätigen, dass man sich mit den Krallen hervorragend im Holz einhaken kann – was vor allem im Alter das Aufstehen nach einem ausgedehnten Nickerchen wesentlich erleichtert.

Lieber schleiche ich auf Samtpfoten durch das Haus.

Seniorenteller und Vitamindoping

Bereits im Welpenalter achtete Frauchen auf eine gesunde, ausgewogene Ernährung. Ich bekam alles, was ich brauchte, um gesund zu sein. Meine Futterrationen musste sie nicht abwiegen. Ich nahm immer nur so viele Kalorien zu mir, wie ich verbrauchte. War ich satt, ließ ich die Futterreste im Napf zurück. Allerdings mache ich bis heute keinen Hehl daraus, welches Futter mir schmeckt und auf welches ich verzichten kann.

Im Laufe der Jahre lernte Frauchen meine Futtervorlieben bestens kennen. Sie bemüht sich um Abwechslung im Speiseplan, was mein Verdauungssystem nicht immer dankend quittiert. Meist weiß sie allerdings sehr gut, was sie mir füttern muss, damit ich mit den nötigen Nährstoffen versorgt bin. Mein dichtes, glänzendcs Fell liefert den besten Beweis dafür.

Bis heute werde ich zweimal täglich gefüttert. Die Anzahl der Hundesnacks konnte ich im Laufe der Jahre deutlich erhöhen. Dafür habe ich mir verschiedene Tricks ausgedacht, zum Beispiel mache ich mich nützlich und apportiere dies und das. Klar, dass ich meine Errungenschaften nur meistbietend wieder abgebe. Frauchens Versuch, Gleichgültigkeit vorzutäuschen, scheitert kläglich. Mit

Bewusste Ernährung kennt keine Figurprobleme.

dem Handtuch, der Zeitung oder den Schuhen im Maul laufe ich solange hinter ihr her, bis sie die Fundstücke mit einem Keks auslöst. Keine Sorge, selbst im Alter sind mir Figurprobleme fremd. Ich kann fressen soviel ich will und habe doch kein Gramm zu viel auf den Rippen.

„Beneidenswert", äußern sich viele meiner Artgenossen dazu. Die meisten von ihnen kämpfen ständig mit Übergewicht. Selbst wenn ihre Futterrationen auf die Größe eines Seniorentellers reduziert werden, setzen sie Fett an. Dabei füttern deren Hundehalter spezielles Seniorenfutter und sorgen gleichzeitig für ausreichend Bewegung. Ob das wohl Veranlagung ist?

Seit kurzem treten auf meinen Spaziergängen plötzliche Mangelerscheinungen auf. Mit einem Mal fehlen mir wichtige Nährstoffe und ich habe Mühe, Frauchens Tempo zu halten. Ich falle immer weiter hinter ihr zurück. Die Mangelerscheinungen lassen sich nur mit der Gabe von Leckerlis beheben. Diese wirken

Wer kauft mir das Teil ab?

übrigens sofort. Ich beschleunige umgehend auf Renntempo, wenn sie einen nahrhaften Belohnungskeks aus der Tasche zieht.

Das leicht verdauliche Seniorenfutter mag vielleicht auf meinen veränderten Stoffwechsel und meinen geringeren Bewegungsdrang abgestimmt sein. Trotzdem äußert sich in immer kürzeren Abständen ein extremer Vitaminmangel, der sofort ausgeglichen werden muss.

Ich brauche dringend eine Vitaminspritze.

Übereifrig, wie ich bin, habe ich auf einem Spaziergang den Bogen mächtig überspannt. Ohne Leistung steigerndes Mittel schaffte ich kaum fünfzig Meter am Stück. Frauchen bekam es mit der Angst zu tun. Sie vermutete, ich hätte Gelenkschmerzen oder ähnliches, wenn mir jeder Schritt sichtlich schwer fiel. Gleichzeitig beobachtete sie meine enorme Bewegungsfreude bei der Aussicht auf Nahrhaftes. Letztendlich hat sie mich durchschaut und die Belohnungskekse während der Spaziergänge wieder auf ein gesundes Normalmaß reduziert. Sie erklärte ihre Maßnahme damit, dass es nicht gesund sei, wenn ich im Alter ständig versuche, Höchstleistungen zu erzielen. Sportlicher Ehrgeiz war in Ordnung, aber von übertriebenem Fanatismus hielt sie reichlich wenig.

Schonprogramm, nein danke!

Mit zunehmendem Alter ist meine körperliche Verfassung von der Tagesform abhängig. Stress und Schlafmangel gepaart mit ungewohnten Tagesabläufen setzen mir stärker zu als früher. Ein bisschen mehr Ruhe würde mich

Immer mit von der Partie

schnell wieder ins Gleichgewicht bringen. Ich kenne viele Fellnasen, die ihr Schlafbedürfnis an ihr gestiegenes Lebensalter anpassen. Sie dösen stundenlang auf ihrer Hundedecke und bleiben gerne zurück, wenn Frauchen und Herrchen mit dem Auto wegfahren. Ich habe so meine Probleme damit, denn selbst im Seniorenalter beschleicht mich immer noch das Gefühl, ich könnte dabei etwas verpassen.

Grundsätzlich bin ich in guter Form und nehme rege am Alltagsgeschehen teil. Doch wenn ich mein zunehmendes Ruhebedürfnis über lange Zeit ignoriere, weisen mich gesundheitliche Probleme in die Schranken. Dann kommt es vor, dass ich mich verlege oder eine falsche Bewegung mache, was mir meine Rückenwirbel übel nehmen. Eine lahmende Hinterhand ist für Frauchen ein untrügliches Zeichen, dass ich mich übernommen habe und mein Laufpensum für ein paar Tage mäßigen muss.

Ausgerechnet an einem solchen „Schontag" lief mir meine Hundefreundin Olina über den Weg. Ich erkannte sie schon von weitem an ihrem beschwingten Gang. Nichts wie hin zu ihr, war mein einziger Gedanke. Ehe

Im Gänsemarsch

Frauchen mich zurückhalten konnte, war ich schon auf halbem Weg. Der Spazierweg war gefährlich glatt. Eine dünne Schneeschicht bedeckte die zugefrorenen Wasserpfützen. Stolz und wie ein Macho steuerte ich auf sie zu. Ich hatte mächtig Probleme, mich auf den Pfoten zu halten. Aber vor Olina wollte ich keine Schwäche zeigen. In freudiger Erwartung blieb sie stehen, um mich zu begrüßen. Als ich sie erreichte, zog es mir auf einer Eisplatte die Pfoten weg. Wie ein Frosch lag ich vor ihr auf

Schnee und Eis stoppen selbst vierbeinige Senioren-Machos.

dem Bauch. Mann, war das peinlich. Olina kannte mich als Draufgänger und jetzt lag ich hilflos zu ihren Füßen. Meine Versuche, mich schnell wieder aufzurichten scheiterten. Einzig Frauchens rettende Hand half mir wieder auf meine vier Pfoten. Welche Blamage.

„Hallo, Ipo. Nicht so stürmisch“, versuchte Olina die Situation zu retten. Ich stammelte etwas von einer nicht zu sehenden Eisplatte und war heilfroh, dass Olinas Frauchen zum Weitergehen drängte. „Wir haben wenig Zeit. Ich muss die Kinder von der Schule abholen und wir sind spät dran.“ Das erste Mal atmete ich angesichts der Zeitnot von Olinas Frauchen entspannt auf. Frauchen leinte mich sicherheitshalber an, denn normalerweise hätte ich diese Aussage vollkommen ignoriert und wäre Olina trotzdem gefolgt. Heute war ich froh um die Leine. So konnte ich verbergen, dass ich ihr vor Erschöpfung nicht hätte folgen können, selbst wenn ich gewollt hätte. Diese Blöße würde ich mir nie wieder geben. Ich brauche wohl nicht zu erwähnen, dass ich bis zum nächsten Schontag die blamablen Vorkommnisse vergessen hatte.

Im Seniorentrab

Natürlicher Schlafrhythmus

Zu Hause angekommen, gönnte ich mir die dringend benötigte Ruhe. Ich zog mich auf meine weiche Hundedecke zurück und versank schnell in den Tiefschlaf.

Im Tiefschlaf kehren meine Lebensgeister schnell zurück.

Im Grunde passe ich meinen Schlafrhythmus dem fortgeschrittenen Alter gut an. Wochentags ignoriere ich den Klingelton des Weckers um 6:30 Uhr und schlafe seelenruhig weiter, bis Frauchen in der Küche mit den Tellern klappert. Ich achtete immer schon darauf, dass ich abends rechtzeitig zu Bett gehe. Spätestens um 21:00 Uhr ist für mich Zapfenstreich. Ich kenne kein Pardon. Nicht einmal dann, wenn uns Freunde oder Familie besuchen, lasse ich mich von meinem Schönheitsschlaf abbringen. Ich laufe so lange unruhig hin und her, bis jedem klar wird, dass ich zu meiner letzten Gassirunde des Tages aufbrechen und dann schlafen will.

„Maui Midnight“ nannte man die Zeit gegen 21:00 Uhr auf Hawaii. Die Gehsteige wurden hochgeklappt und man ging zu Bett, damit man am nächsten Morgen um

Bitte nicht stören. Bin noch in einer anderen Welt!

6:00 Uhr zur Wellenreitsession fit war. Die Nachtruhe halte ich auch in meinem jetzigen Leben bei. Da wir nicht am Meer leben, habe ich meine Aufstehzeit kurzerhand nach hinten verlegt.

Frauchen und Herrchen sind davon überzeugt, dass ich trotz meiner körperlichen Anlagen keinen guten Jagdhund abgeben würde. Bei Sonnenaufgang rolle ich mich lieber noch einmal auf meiner Hundedecke ein, als durch den Wald zu laufen, um geschossenes Wild zu apportieren. Mein Jagdfieber beschränkt sich auf Samstagmor-

gen. Pünktlich um 6:30 Uhr stehe ich neben Herrchen oder Frauchen am Bett. Ich bleibe so lange stehen, bis sich einer von beiden rührt. Einsprüche, dass die beiden am Wochenende ausschlafen möchten, ignoriere ich. Die frisch duftenden Brötchen liegen beim Bäcker bereit und warten auf Abholung. Während die beiden ausgiebig ihr gutes Wochenendfrühstück genießen, versinke ich wieder in den Tiefschlaf.

Wochentags nehme ich mir die Freiheit zu Büronickerchen. Inzwischen finde ich sogar das Schaukeln des Autos beruhigend und lasse mich von Kurve zu Kurve tiefer in den Schlaf wiegen. Es gibt unzählige Möglichkeiten zum Sekundenschlaf und der wird in der Tat im Alter immer wichtiger.

Superior Wohlfühlkomfort

Ich hatte schon immer „vier Sterne de luxe Wohlfühlleistungen“ gebucht. Dazu gehören neben ausgewähltem Futter und rund um die Uhr Betreuung vor allem altersgerechte Schlafplätze. Der Phantasie und Frauchens Geldbeutel sind fast keine Grenzen gesetzt.

Von der flauschigen Hundedecke bis hin zum weichen, isolierenden und warmen Hundebett ist gesorgt. Wer uns das erste Mal besucht, meint, wir beherbergten ein ganzes Hunderudel. So viele gut ausgestattete Liegeplätze könnten unmöglich nur für einen Hund sein.

Wenn ich mich direkt neben den Himmelbetten auf den kühlen Fliesen- oder Parkettboden lege, ist Frauchen schier am verzweifeln. Bodenkühle führt vor allem bei Senioren zu Erkältungen oder gar schlimmeren Erkrankungen. Deshalb hat sie seit neuestem auch unterwegs eine Decke für mich dabei. Nicht einmal in Restaurants schreckt sie davor zurück, diese unter dem Tisch auszubreiten und mich sofort als Senior zu outen. Demnächst investiert sie noch

Warum muss mich Frauchen immer gleich als Senior outen?

Wofür brauche ich eine weiche Kuscheldecke?

in Wellnessmatten mit Massagefunktion oder Hundekörbchen mit integrierter Aufstehhilfe.

Dabei würde ich nichts lieber tun, als zu Herrchen auf die Couch zu klettern. Leider ist das Sofa bis heute für mich tabu. Lediglich darunter darf ich mich quetschen und auf Herrchens Füßen dösen. Solange Herrchen weiterhin die Kekskrümmel fallen lässt, habe ich damit kein Problem. Doch mit zunehmendem Alter fällt es mir schwerer, unter die Couch zu robben. Das Modell ist seit jeher dasselbe. Das lässt nur den Schluss zu, dass ich weniger gelenkig bin, als ich es früher einmal war.

Viele Fellnasen schlüpfen liebend gerne zu Herrchen und Frauchen ins Bett. Auch wenn jeder Hundebesitzer dies mit einem Aufschrei verneint, haben sich viele meiner vierbeinigen Kollegen durchgesetzt und dürfen neben Frauchen oder Herrchen schnarchen. Abgesehen davon, dass das Bett in unserem Haushalt allein aufgrund seiner Größe keinen Platz für einen ausgewachsenen Retriever bietet, habe ich Frauchens Herz auch noch nicht erweichen können. Vermutlich kann sie auf Hundehaare und Sandspuren dankend verzichten.

Bei ihrem Reinigungsfimmel besteht überhaupt kein Anlass dazu. So oft wie mir der saugende Lärmbelästiger um die Ohren fliegt, könnte es unser Haus locker mit jeder sterilen Klinik aufnehmen. Von einem normalen Hundehaushalt sind wir bezüglich Sauberkeit meilenweit entfernt. Es war schon ein hartes Stück Arbeit, sie davon zu überzeugen, dass gewisse Hundespuren unser Haus erst gemütlich machen. Ob sie es je schafft, meinen Begriff von Reinlichkeit zu übernehmen, wage ich allerdings zu bezweifeln. Und falls sich Frauchen auch in nächster Zeit nicht vorstellen kann, ihr Bett mit mir zu teilen, greife ich auf das orthopädische Hundekissen zurück. Die Machart und das verwendete Material stammen nämlich aus der Humanmatratzen-Entwicklung. So habe ich zumindest das Gefühl, ich würde in einem richtigen Bett schlafen.

Endlich habe ich die Couch erobert.

Kuscheleinheiten und Hundemassagen

Mehr als in jungen Jahren genieße ich die Streicheleinheiten von Herrchen und Frauchen. Sie wissen genau, an welchen Stellen sie mir gut tun. Früher hatte ich weder die Muse, noch die Zeit dazu. Heute können mich die beiden stundelang durchkraulen, ohne, dass bei mir das Gefühl aufkommt, ich hätte Wichtigeres zu tun.

Entspannen und loslassen – eine meiner schwersten Aufgaben.

Frauchen setzt sich oft zu mir auf den Boden und zeigt mir, wie sehr sie mich schätzt. Sie hat sogar einige Techniken entwickelt, bei denen ich ganz abschalten kann. Sanft knetet sie meine Muskeln oder massiert den vorderen Rücken. Hundewellness, nennt sie das. Tatsächlich lösen sich bei mir alle Verkrampfungen und Verspannungen. Ich kann mich voll und ganz fallenlassen, was mir vor allem an Tagen zugute kommt, an denen ich körperlich nicht so gut drauf bin. Bei nasskaltem Wetter bin ich für derartige Entspannungshilfen besonders dankbar. Durch Frauchens Berührungen werden meine Muskeln schnell wieder warm und gut durchblutet. Nach einer kurzen Session Indoor-Hundewellness geht's nun wieder nach draußen.

Genug mit den Streicheleinheiten

Badetag mit Bootsausflug

Die wärmenden Strahlen der Sonne genießen und sich mit einem Sprung ins Wasser abkühlen. Solche Erlebnisse lassen mein Retrieverherz noch immer am höchsten schlagen.

Ein guter Freund, früher selbst Besitzer eines Goldies, machte mir mit einer Einladung auf sein Seegrundstück die größte Freude. Bepackt mit Handtüchern und Schwimm-

Sieht doch gut aus und warum darf ich jetzt nicht rein?

weste machte ich mich auf den Weg. Schade, dass es schon Herbst war. Das Laub rieselte von den Bäumen und die Kraft der Sonne ließ bereits nach. Frauchen testete mit ihrer Hand die Wassertemperatur und entschied, dass diese viel zu niedrig für mich sei. Während ich früher selbst bei Minustemperaturen durch die Bäche fräste, darf ich heute nur noch bei Badewannentemperatur ins Wasser. Kaltes Wasser gepaart mit Wind schade meinen Gelenken, befand mein Tierarzt.

Badespaß adieu!

Seit dieser Diagnose sind Badesessions für mich nur noch unter Südseebedingungen denkbar.

Frauchen genehmigte nicht einmal einen Bootsausflug rund um den See. Sie wusste nur zu gut, dass ich beim Anblick von Wasser nicht widerstehen kann. Niemand würde mich davon abhalten können, vom Boot in den See zu springen. Angeleint saß ich artig am Steg. Es kam mir vor, als hätte man mich vom Schlaraffenland ausgeschlossen. Die Enten zogen mit lautem „quack, quack" an mir vorbei. Mit ihren weit geöffneten Schnäbeln wirkten sie fast schadenfroh. Während die Zweibeiner die Ruhe am Steg genossen, kam mir die Zeit endlos und verschwendet

vor. Der Anblick des Sees ohne darin zu baden, das grenzt für einen Golden Retriever an Tierquälerei.

Was meine Gesundheit betraf, war Frauchen zunehmend vorsichtig. Übervorsichtig würde ich ihr Verhalten bezeichnen. Kein Wunder, musste sie doch immer meine Eskapaden ausbaden und mich wieder gesund pflegen. Doch dieses Mal konnte ich weder Frauchen noch Herrchen von der Notwendigkeit meiner heiß geliebten Schwimmübungen überzeugen. All mein Winseln und Drängeln halfen nichts. Beide blieben hart und versuchten, mich auf warme Sommertage zu vertrösten. Als wir bei unserem nächsten Besuch durch den Schnee zum See wateten, wusste ich, davon waren wir meilenweit entfernt.

Hat das Wasser heute Badetemperatur?

Genusswandern

Zu jeder Jahreszeit, in jedem Lebensalter begleitete ich Frauchen und Herrchen als begeisterter Wanderpartner. Angefangen habe ich mit kleinen Touren. Sie verdienten eher die Bezeichnung „ausgedehnter Spaziergang“ als Wanderung. Aber so lange meine Gelenke noch weich und mein Körper im Wachstum waren, achteten die beiden

Aha, die ausgiebige Rast gehört also auch zum Wandern.

darauf, dass ich weder steile Treppen noch Berge erklomm. Stattdessen suchten sie nach leichten Routen, die meine Ausdauer förderten. Gleichmäßiges Traben für guten Muskelaufbau, lautete die Devise.

Ich entwickelte mich zu einem ausdauernden und muskulösen Rüden. Mir war kein Weg zu weit und kein Berg zu steil. Leichtfüßig absolvierte ich die Strecken gleich mehrmals. Dank meines aufmunternden Blicks

Ich bin immer noch geländegängig.

erreichte Frauchen so manchen Gipfel. In meinen besten Jahren legte sie sich einen Hüftgurt um und hakte die Ausziehleine ein. Im Turbotempo erklommen wir die Berge. So mancher Wanderer warf uns vor, unsere Überholmanöver mit unfairen Mitteln zu bestreiten. Im Zweiergespann waren wir einfach viel schneller. Zwei Beine und vier Pfoten – wir waren das ideale Wanderteam.

Immer der Nase nach

Bei den Ruhepausen schieden sich allerdings die Geister. Ich ließ Frauchen und Herrchen nur so viel Zeit, ihre Kleidung zu wechseln, zu trinken und wenn's hoch kam einen Müsliriegel zu essen. Noch ehe sie sich gemütlich auf der mitgebrachten Decke niederließen, drängte ich zum Aufbruch. Ich hielt nichts davon, mich auf einer Bergwiese genüsslich in der Sonne zu aalen und das Bergpanorama zu betrachten.

Mit den Jahren hat sich meine Einstellung geändert. Nach einem anstrengenden Aufstieg strecke ich schon mal die Pfoten von mir und döse in der Sonne. Zu Frauchens

Füßen sammle ich im Tiefschlaf meine Kräfte für den Abstieg. Dankend verputze ich einen großen Hundekeks. Auf dem Weg zurück ins Tal weiche ich Frauchen nicht von der Seite. Die Tatsache, dass ich artig bei Fuß gehe, ist aber vielmehr auf meine körperliche Verfassung als auf meine gute Ausbildung zurückzuführen. Frauchen genießt es, wenn sie mich nicht ständig zurückpfeifen muss.

Möchtet ihr etwa schon wieder aufbrechen?

„Ihr werdet sehen, auch Ipo wird mit den Jahren ruhiger", versicherten zahlreiche Hundefreunde. Lange tat ich alles, damit sich diese Aussage nicht bewahrheitete. Aber mit vierzehn Jahren steckt auch ein gesunder Rüde, wie ich einer bin, eine Bergtour nicht mehr so leicht weg. Dabei bin ich weder unvorbereitet, noch ungeübt. Ich bin nur schneller erschöpft und meine Regenerationsphasen dauern länger.

Auch wenn ich heute nicht mehr zu den Gipfelstürmern zähle, die einen Berg nach dem anderen erklimmen, so ganz will ich mich bei den Flachlandtirolern nicht einreihen. Muss auch nicht sein. Es gibt ausreichend kinder- und seniorengerechte Wanderwege. Mit einem Mal entdecke ich vollkommen neue Seiten am Wandern. Zahlreiche Hütten laden zur Rast ein. Von der Sonnenterrasse aus beobachte ich die Kinder, wie sie toben und freue mich, wenn sie zu mir kommen und mir den Bauch kraulen.

Wandern hält mich in jedem Lebensalter fit und gesund. Zudem bietet sich nirgendwo sonst die Möglichkeit zu solch zahlreichen Sozialkontakten wie am Berg. Bei besonders schönem Ausflugswetter reihen sich hübsche Wesen unter die vierbeinigen „Stammgeher". An manchen Tagen kreuzen bis zu zehn Hundedamen meinen Weg. Von der jungen Labradorhündin Kara bis zur erfolgreichen Bettlerin Kira ist alles dabei. So oder so, hält mich Wandern in jedem Fall jung.

Ich bin für Gipfelglück.

Da lacht das Herz

Italienische Lebensart – das ist viel Liebe, gutes Essen und ein fester Platz in der Familie. Jack Russel Rüde Wasti genießt all das inmitten meiner oberbayerischen Heimat.

Alter, was ist das?

Vor kurzem feierte er quickfidel seinen sechzehnten Geburtstag. Was Alter und Gesundheit betrifft, ist Wasti für mich ein Vorbild und so fragte ich ihn nach seinem Geheimnis, wie er im hohen Alter noch gesund und glücklich ist.

„Weißt du", schilderte er, „ich bin in einer italienischen Familie zu Hause. Das Wohl der Familienmitglieder hat bei uns oberste Priorität. Bei uns gibt es immer viel zu lachen und mein Frauchen ist bekannt für die beste Küche der Welt. Und wir halten zusammen, egal was kommt."

Tatsächlich hat Wasti alles, was ein glückliches Jackie-Leben ausmacht. Sein Hundebett steht direkt hinter der Ladentüre. Nebenan ist eine original italienische Eisdiele, die ebenfalls unter Wastis Aufsicht steht. Fällt ein Vierbeiner unangenehm auf, ist Wasti sofort zur Stelle. Gleich ob Dobermann, Dogge oder Dackel. Er weist sie alle in die Schranken.

Wo sind nur die jungen Chicks?

„Hey, bis hierher und nicht weiter", macht er unmissverständlich klar. Auch wenn er so manches Mal den Kürzeren dabei gezogen hat, seinem Selbstbewusstsein tat dies keinen Abbruch. Wasti ist ein stolzer Kerl und nimmt es mit jedem auf, der ihn nicht als Platzhirsch akzeptieren will.

Bei der weiblichen Klientel entpuppt er sich als echter Charmeur. Er erobert die Herzen von so manchen Vier- und Zweibeinern. Junge Chicks verdrehen ihm immer noch den Kopf. So verwundert es nicht, dass er deren Duftspuren schon mal bis zu ihnen nach Hause verfolgt. Er ist ein echter Strolch. Wenn er nicht gerade schläft, schmust er oder sucht sich eine andere Beschäftigung. Langeweile kommt bei ihm nicht mal im fortgeschrittenen Alter auf. Wasti hat ganz einfach keine Zeit, alt zu werden.

Kontrollfreak

So wie Wasti das Tor zum Laden kontrolliert, bewache ich seit kurzem nachts die Schlafzimmertüre. Dabei fühle ich mich nicht dazu berufen, Einbrecher abzuschrecken. Ich achte nur darauf, dass mir niemand ungesehen durch die Tür entwischt.

Frauchen hat sich geweigert, meine Hundedecke nachts direkt hinter der Tür auszubreiten. Ich legte mich solange auf den glatten Parkettboden, bis sie sich geschlagen gab. Wer bei uns nachts raus möchte, hat schlechte Karten. Er muss einen ausgewachsenen Goldie Rüden im Tiefschlaf von der Tür wegschieben. Wenn er Glück hat, bekommt er die Tür gerade einen Spalt weit auf und kann hindurchschlüpfen. Überflüssige Pfunde mindern diese Chance enorm. So oder so, der Hundesenior schläft weiter.

An mir führt kein Weg vorbei.

Nicht nur nachts, auch während des Tages habe ich mich zum wahren Kontrollfreak entwickelt. Mit Argusaugen beobachte ich Frauchen und Herrchen. Ich folge ihnen auf Schritt und Tritt. Keiner verlässt unbemerkt den Raum. Ich kann noch so tief unter dem Schreibtisch dösen, ich spüre sofort, wenn sich jemand unbefugt vom Arbeitsplatz entfernt. Vor allem Herrchen bin ich immer dicht auf den Fersen.

Ist etwa schon Mittagszeit?

„Du bist mein Schatten", flüstert er mir immer öfter ins Ohr. Ich finde es nicht verwerflich, wenn ich wissen möchte, wer von meinem Rudel sich wann wohin bewegt. Letztendlich soll mein Verhalten nur dazu führen, dass derjenige noch einmal gründlich überdenkt, ob er mich alleine zurücklässt. Tut er dies trotz reiflicher Überlegung, kann es passieren, dass ich mich direkt hinter die Haustüre lege. Um sie zu öffnen, muss er mich schon wegschieben.

Frauchen deutet mein Verhalten als Trennungsangst im Alter. Herrchen glaubt an meine Lust zur Kontrolle. In diesem Fall kennt mich Herrchen besser als Frauchen. Warum sollte ich Angst davor haben, die beiden könnten nicht mehr zurückkehren? Bisher sind sie immer wiedergekommen. Mein Verhalten soll lediglich ihr schlechtes Gewissen schüren. Schließlich gibt es fast keine Situation, in der sie mit mir als vierbeinigen Begleiter schlecht beraten wären. Ich bin ja keine Bestie, sondern ein wohlerzogener, charmanter Goldie.

Die kommen bestimmt wieder zurück.

Singlebörse und Kontaktanzeigen

Vor kurzem spielte Frauchen mit dem Gedanken, einen weiteren Goldie bei uns aufzunehmen. Obwohl sie weiß, dass ich keine Götter neben mir dulde, spann sie die Idee weiter.

Ich war vielen Welpen ein guter Vaterrüde. Bei der Erziehung eines Jungspunds bin ich liebevoll konsequent.

Glücklicher Senioren-Single

Zu keinem Zeitpunkt stellen sie meinen Alphastatus infrage. Schnell, clever und smart – ich bin eine geborene Führernatur. Aber die Aufmerksamkeit von Frauchen und Herrchen würde ich höchstens mit einer Hündin teilen. Die Erziehung eines männlichen Rabauken wäre mir schlichtweg zu anstrengend. Alles in allem: Ich wäre schön blöd, würde ich einen Nebenbuhler nicht nur dulden, sondern auch noch selbst erziehen.

Frauchen verweilte in ihren Tagträumen. Herrchen blieb realistisch. „Erinnerst du dich, wie Ipo in jungen Jahren durch die Flure fegte? Wie viel Zeit wir in seine Erziehung investierten? Abgesehen davon, dass zwei ausgewachsene Goldies weder im PKW noch im Wohnwagen ausreichend Platz haben, ist es schier unmöglich, zwei Vierbeiner in unser Leben zu integrieren."

Frauchen ignorierte Herrchens Einwände und formulierte schon mal eine Kontaktanzeige: „Charmanter Golden Rüde im besten Alter sucht junge Goldie Dame

Ich bin und bleibe die Nummer eins.

zwecks gemeinsamer Freizeitplanung." Ich sah sie verständnislos an. Welche Hundedame sollte sich davon angezogen fühlen? Ich war sicher, mit Kontaktanzeigen ist es wie im richtigen Leben. Der erste Eindruck entscheidet! Frauchen braucht nur zu beobachten, wie ich den Hundedamen beim ersten Mal begegne. Ich bin sicher, dann können wir uns vor attraktiven Bewerberinnen kaum retten.

Ich ermunterte Frauchen mit meinen Blicken, einen weiteren Versuch zu unternehmen.

Stadtbesuche sind das reinste Flirtparadies

Aloha Boy sucht Hawaiian Girl

Liebst Du auch Spaziergänge bei Regen und Sonnenschein? Suchst du jemanden, der dich mit Freude begleitet?
Ich bin ein Golden Retriever in den besten Jahren. Ich schwimme gerne und bin Weltmeister im Apportieren von Gegenständen. Ich wohne am Stadtrand im beschaulichen Voralpenland. Unzählige Spazierwege führen direkt hinter unserem Haus über saftige Wiesen. Zahlreiche gemütliche Cafés laden zum Verweilen ein. In der Nachbarschaft leben viele spielfreudige Kinder. Mit meinem Menschenrudel gehe ich gerne auf Reisen. Ich liebe das Meer, Spaghetti und Pizza. Ich bin schlank, sportlich und gut gebaut. Bei Frauchen und Herrchen stehe ich an erster Stelle. Ich führe ein Luxusleben und würde es gerne mit jemandem teilen, der genauso viel Spaß am Leben hat wie ich.

Ich würde mich freuen, wenn wir schon bald gemeinsam die Welt erkunden.

Falls Du Lust dazu hast, melde Dich bitte unter

amore@alohaipo.com

Frauchen schmunzelte und legte ihre Skizzen beiseite. Wenn Herrchen ein gelungenes Bild beisteuert, wäre mein Liebesglück schon bald perfekt. Einzig die Vorstellung, dass ich aus Altersgründen alleine zurückbleiben müsste, wenn Frauchen mit unserem vierbeinigen Familienzuwachs die Hundeschule besucht oder zu ausgedehnten Spaziergängen aufbricht, ließ sie zur Vernunft kommen. Obwohl ich mir eine feste Beziehung vorstellen konnte, war mir wohler bei dem Gedanken, weiterhin unverbindliche Flirt-Kontakte zu knüpfen.

Damenwahl

Best Ager – 14plus und Seniorenreisen

Senioren haben gewöhnlich viel Zeit zum Reisen. Sie entdecken gerne neue Städte, Landschaften und Kulturen. Ich war in jedem Lebensalter ein reisefreudiger Vierbeiner. Mit neun Monaten hatte ich die Reisekrankheit im Auto besiegt. Von da an tourte ich mit meinem Menschenrudel quer durch Europa. Ich teile die Liebe zum Meer mit Frauchen und Herrchen. Endlose Sandstrände und brechende Wellen lassen auch mein Retrieverherz höher schlagen.

Urlaub zu Hause – mit dieser Vorstellung konnte ich mich nicht anfreunden. Wozu auch? Mit beinahe vierzehn Jahren fühlte ich mich vollkommen gesund. Ich besaß jede Menge Reiseerfahrung. Einer weiteren Urlaubsreise ans Meer stand selbst im Rentenalter nichts im Weg.

Urlaubsgefühle

Seniorengerechte Unterbringung

Der milde Südwind war ein untrügliches Zeichen dafür, dass wieder eine Frühjahrsreise nach Sardinien bevorstand. Wie immer boten Frauchen und Herrchen einen Rundum-Service, den sie zunehmend auf meine Bedürfnisse als älteres Semester abstimmten.

Meine Hundehütte nehme ich lieber mit.

Einmal mehr sollte es ein Campingurlaub werden. Routinemäßig wurde die rollende Hundehütte bepackt. Hundefutter, -kekse, -spielzeug und Reiseapotheke, alles hatte seinen festen Platz. Nur ich musste größere Umstellungen in Kauf nehmen.

Der Durchgang zum Fahrerhaus war neuerdings versperrt. Herrchen hing unser rollendes Haus an das Auto an. Statt zwischen den Fahrersitzen fand ich mich im Heck des Autos wieder. Die komfortable Luftfederung machte den Verzicht auf leichte Snacks während der Fahrt keinesfalls wett. Was sich die beiden wohl dabei gedacht hatten?

Dafür punktete die Umstellung vom Wohnmobil auf den Wohnwagen mit häufigeren Pausen. Herrchen hatte sichtlich Mühe, das lange Gespann zu manövrieren. Ich hoffe nur, dass die beiden den Austausch nicht nur meinetwegen vorgenommen haben.

Als ich den Wohnwagen ausgiebig inspiziert und getestet hatte, musste ich zugeben: Das neue Konzept bestach durch eine ausreichend große Liegefläche direkt unter dem Tisch. Vorbei war die Zeit, als ich mir ständig die Tischbeine zwischen die Rippen rammte. Und eine

Endlich Freiraum für vier Pfoten

Klimaanlage sorgte selbst im Hochsommer für Wohlfühltemperaturen. Wer mit so viel Feingefühl die Voraussetzungen für einen gesunden Seniorenschlaf schafft, kann nur ein Hundeliebhaber sein. Unser Wohnwagenbauer war ein solcher. Erst kürzlich hatte eine Fellnase aus einem spanischen Tierheim wieder bei ihm Unterschlupf gefunden.

Skeptisch war ich nur wegen des großen Stauraums an der Frontseite des Wohnwagens. Von dort führte ein schmaler, verschließbarer Durchgang in den Wohnbereich. Machart und Ausstattung des Stauraums erinnerten

Ist das ein Scherz oder mein Hunde-Séparée?

mich an einen Hundezwinger. Als Herrchen aber Surfbretter, Rennräder und Gartenstühle darin verstaute, war ich sichtlich erleichtert. Auf meinen Reisen hatte ich einige Vierbeiner erlebt, die in solchen umfunktionierten Garagen Platz fanden. Ähnlich wie bei den Hundeboxen im PKW wurde zusätzlich noch eine Gittertür angebracht. Die Besitzer waren glücklich, ihre Hunde sicher verstaut zu haben und dass sie im Wohnmobil nicht ständig über sie steigen mussten.

Zum Glück bin ich unter dem Tisch bestens aufgehoben. Das Hunde-Séparée war somit überflüssig. Für den Fall, Frauchen könnte auf die Idee kommen, ich solle mich darin aufhalten, wenn nach dem Schwimmen mein Fell triefnass ist, hoffte ich auf Herrchens Veto. Er hätte sicherlich kein Problem mit Hundehaaren, Sandspuren und dem Geruch von nassem Hundefell im Wohnwagen. Mit dem neuen Beförderungs- und Wohnkonzept hatte ich mich jedenfalls schnell angefreundet.

Hier ist es eindeutig am Bequemsten.

Kreuzfahrt im Mittelmeer

Am Hafen angekommen, erwartete mich die nächste Überraschung. Bisher hatten wir die Nächte bei der Überfahrt immer im eigenen Wohnmobil verbracht. Die meisten Schiffe hatten ein offenes Deck. Für ausreichend Frischluft war gesorgt. Zwischendurch konnten wir uns die Beine und Pfoten vertreten. Mit „Camping an Bord" war die Überfahrt nach Sardinien ein Kinderspiel gewesen. Kaum hatte Herrchen unser Wohnmobil an Deck geparkt, schlief ich schon tief und fest. Nicht einmal star-

Sind das nicht schöne Aussichten?

ker Seegang brachte mich aus der Ruhe. Auch wenn wir ab und an einen schlechten Standplatz erwischt hatten und den Lärm der Schiffsmotoren ertragen mussten, empfand ich diese Variante immer als äußerst hundefreundlich. Der Zugang zum Restaurant blieb mir verwehrt, was mich aber nicht störte. Im Wohnmobil hatte ich alles, was ich brauchte zum Hundeglück.

Ich bin eben nicht nur Landratte.

Ich wurde stutzig, als wir uns am Fährhafen einreihten. Wie immer durfte ich noch einmal Gassi gehen. Diesen Hafen kannte ich nicht. Die Gerüche waren mir fremd. Herrchen war unruhig und Frauchen schien ebenfalls ziemlich aufgeregt. Abwarten, dachte ich. Ich versuchte, mich im Heck des Autos zu entspannen. Links und rechts

Wann geht es los?

Was soll diese Hektik?

fuhren die Autos an uns vorbei und verschwanden im Heck des Schiffs. Die Zeit bis zu unserer Verladung kam mir ewig lang vor. Wir wurden als letzte auf die Fähre gewunken. Zu allem Überfluss musste Herrchen mit dem Gespann rückwärts auf das Schiff. Ich spürte seine große Anspannung. Ich fühlte mich unwohl. Ich hatte kein gutes Gefühl.

Frauchen versuchte mich zu beruhigen: „Habe Vertrauen, Ipo. Wir müssen dieses Mal nicht im Wohnwagen übernachten. Wir haben eine Kabine gebucht. Darin sind Hunde erlaubt."

Eingezwängt zwischen riesengroßen LKWs parkte Herrchen unser Gespann. Er konnte kaum die Fahrertüre, geschweige denn die Heckklappe öffnen. Er hob mich aus dem Heck des Autos. Es roch nach Abgasen. Hier konnten wir und hier wollte ich keinesfalls bleiben. Mir blieb fast die Luft weg. Dicht auf Herrchens Fersen schlängelte ich mich zwischen den parkenden Autos hindurch. Nur gut,

Raumnot und Platzangst

dass wir beide schlank waren. Frauchen hatte mit der großen Reisetasche auf der Schulter Probleme, uns zu folgen. Zwischen den parkenden Autos und LKWs blieb sie immer wieder stecken.

Den Weg durch das Autodeck hatte ich erfolgreich gemeistert, als vor meinen Augen die steilste Treppe auftauchte, die ich je in meinen Leben gesehen habe. Keine zehn Pferde würden mich da hinaufbringen. Die Rolltreppe daneben schien auch keine geeignete Alternative zu sein. Herrchen nahm mich kurzerhand auf den Arm und bestieg mit mir die Rolltreppe. Wie ein Hundebaby lag ich in seinen Armen. Überflüssig anzumerken, dass ich mir als ausgewachsener Retriever mit dreißig Kilo ganz schön blöd vorkam. Was um alles in der Welt haben sich die beiden dabei gedacht? Warum wechseln wir nach so vielen Jahren die Fähre?

Mir blieb keine Zeit zum Grübeln. Wir hatten die Rolltreppe verlassen und liefen ellenlange Korridore entlang.

Links und rechts von mir schlugen Türen auf und zu, hinter denen fremde Menschen verschwanden. Endlich hatten wir unsere Kabine erreicht. Wie ich es von den Hotels kenne, empfing uns ein freundlicher Herr. Er übergab uns den Schlüssel. Er streichelte mir über den Kopf. Er richtete seinen Blick auf mich und drückte Frauchen ein weißes Laken in die Hand. Sie breitete es am Boden aus und versuchte, mich darauf abzulegen. Sie schien vergessen zu haben, wie empfindlich eine Hundenase ist und wie intensiv diese Gerüche wahrnimmt. Mir kam es so vor, als wäre in dieser Kabine ein ganzes Hunderudel gereist. Zentimeter für Zentimeter schnüffelte ich den Boden der Kabine

Ganz schön unheimlich

entlang und analysierte die Düfte. Bei diesem Geruchscocktail konnte ich unmöglich zur Ruhe kommen.

Frauchen und Herrchen waren hundemüde. Nur ich machte kein Auge zu. Genervt legte Frauchen das Hundelaken auf ihr Bett. Herrchen hob mich darauf. Glückselig legte ich mich aufs Ohr. Ich schlief schnell ein und schnarchte tief. Ich fühlte mich wie im siebten Himmel. Wann sonst bot sich die Gelegenheit, neben Frauchen im Bett zu schlafen?

Hier riecht es wie auf der Hundewiese.

Die Nacht war viel zu kurz. Schon nach wenigen Stunden trommelte der gestern noch so freundliche Herr gegen die Kabinentür. Selten wurde ich so jäh aus dem Schlaf gerissen. Frauchen und Herrchen verschwanden zum Zähneputzen. Wir packten unsere Sachen und schlenderten am Deck entlang. Ich musste dringend für kleine Jungs. Frauchen hatte nichts Peinlicheres zu tun, als meine Markierungen mit dem Küchentuch gleich wieder wegzuwischen. Ich war noch viel zu müde, um mich darüber zu ärgern. Als ich meine vier Pfoten auf den Boden des Restaurants setzen durfte, vergaß ich den unangenehmen Vorfall mit den weggewischten Spuren gleich wieder. Frisch gebackene Cornetti und ein großer Hundekeks lassen die Welt doch schnell wieder in einem freundlichen Licht erscheinen. Wir blieben einige Zeit ruhig sitzen. Rund um uns herrschte hektische Aufbruchstimmung. Die Fähre legte an. Wir mussten uns beeilen, denn wir standen mit unserem Gespann ganz vorne an Deck. Wir verließen die Fähre. Anfangs skeptisch, hat mich die neue Art der Überfahrt restlos überzeugt.

Start in paradiesische Ferien

Gediegener Luxus mit Privatstrand

Ich nutzte die Auslaufwiese am Hafen, um mich zu lösen. Endlich gab es Futter und frisches Wasser. Im Handumdrehen hatte ich alles verputzt. Auf dem Weg zum Campingplatz wurde mir auf der kurvenreichen Strecke wieder hundeübel. Frauchen behauptete stur, es läge an meiner Gier. Zu schnell hätte ich Futter und Kekse am Hafen gefressen. Ich war felsenfest davon überzeugt, dass die Straßenführung schuld daran war. Herrchen schlichtete und behauptete: Beides träfe zu.

Endlich wieder festen Boden unter den Pfoten.

An der Auffahrt zum Campingplatz war weit und breit niemand zu sehen. Es sah aus wie in einer Geisterstadt – einsam und verlassen. Rettend kam uns ein Mann entgegen. Die Rezeption sei um etwa fünfhundert Meter nach oben verlegt worden. Ansonsten sei alles wie gehabt. Von wegen, der einst so idyllisch gelegene und gepflegte Platz war vollkommen verwüstet. Die Stromkästen waren umgestoßen, Wassertanks herausgerissen. Unzählige Baumstämme markierten eine Grenze hinter der sich die neue Rezeption befand.

Zum Glück trafen wir alte Bekannte, die uns davon berichteten, was im vergangen Winter geschehen war. Die beiden Besitzer der Insel waren zerstritten und lösten ihre Partnerschaft. Während einer der beiden ein Apartmentdorf mit ein paar Stellplätzen für Wohnwägen und

Hier beginnt mein privates Urlaubsparadies.

Wohnmobile betrieb, wartete der andere auf die Genehmigung, einen Campingplatz zu betreiben. Bis es soweit war, erklärte er sein Gelände zur Privatzone. Zutritt und Campen waren strengstens untersagt, was von einem privaten Wachdienst kontrolliert wurde.

Frauchen und Herrchen waren am Boden zerstört. Sie träumten von erholsamen Tagen in unberührter Natur. Stattdessen mussten sie sich mit einem engen Stellplatz begnügen, der nicht im geringsten ihren Vorstellungen entsprach.

Mein Revier ist gut gekennzeichnet und abgesteckt.

Was sich zuerst als großes Unglück zeigte, entpuppte sich als Glücksgriff. Wir allein bekamen die Erlaubnis, die Privatzone zu betreten. Der Besitzer kannte mich seit dem Welpenalter. Er hatte sich mächtig in mich verliebt und gestattete uns deshalb den Aufenthalt in seiner Zone. Die gesamte Halbinsel lag uns zu Füßen. Ich hatte über 100.000 Quadratmeter ganz für mich alleine. Die sonst an Badetagen gut gefüllten Buchten gehörten nur uns. Ich durfte ohne Leine die Spazierwege entlangschlendern. Anfangs fühlte ich mich wie ein König. Ich genoss die Freiheit in vollen Zügen. Nach kurzer Zeit fühlte ich mich allerdings ziemlich einsam. Mir fehlten andere vierbeinige Spielkameraden. Ich vermisste die Plauderstunden meiner Zweibeiner mit anderen Campern. Weder ein Restaurant, noch eine Bar waren zu finden. Kurz und gut: Es war ganz schön fade, so alleine.

Da schlagen nicht nur Retrieverherzen höher.

Viel schlimmer als die Einsamkeit war mein Gefühl, die beiden könnten das so organisiert haben, damit ich im fortgeschrittenen Alter stressfrei durch den Urlaub käme. Dabei war ich all die Jahre Hardcore-Urlaub gewöhnt. Wir hatten Nächte erlebt, an denen ein gnadenloser Wind durch die Gegend fegte und das Wohnmobil durchschüttelte. An ruhigen Schlaf war nicht zu denken. Ein anderes Mal hatte es in Strömen gegossen. Die Straßen hatten sich

Im Paradies für zwei- und vierbeinige Wasserratten.

in Bäche verwandelt. Frauchen und Herrchen hatten durch das kniehohe Wasser waten müssen. Wir hatten Glück gehabt, dass unser Wohnmobil nicht davon geschwommen war. Solche kleine Abenteuer gehören zu einer Urlaubsreise dazu. Bevor ich in Watte gepackt werde, bleibe ich lieber zu Hause.

Es war müßig darüber nachzudenken, denn unser Urlaub war zu Ende. In der Hoffnung, dass bis zu unserer Rückkehr im Herbst alles wieder beim Alten sein würde, fuhren wir nach Hause.

Rentnerplatz mit Wellnesslandschaft

Zu Hause machte der Sommer seinem Namen keine Ehre. Schwüle Tage gefolgt von heftigen Gewittern bestimmten das Bild. Zum Glück bin ich schussfest. Donner, Sturm, Hagel und Blitze schüchtern mich nicht ein. Ich bedauere vierbeinige Artgenossen, die bei aufziehenden Gewittern im Keller Schutz suchen. Sie verkriechen sich in den letzten Winkel und kommen erst wieder hervor, wenn das Gewitter abgezogen ist. Ich weiß, dass ich nichts zu befürchten habe. So schnell sich die Unwetter zusammenbrauen, so schnell sind sie wieder vorbei.

Die Vorzeichen mehrten sich, dass unsere Herbstreise nach Sardinien bevorstand. Ich war gesund und munter. Einer weiteren Reise ans Meer stand auch nach Meinung meines Tierarztes nichts im Wege. Die übliche Hektik brach aus. Der Wohnwagen wurde mit Hunde- und Sportutensilien tiefergelegt. Frauchen packte ihren gesamten Kleiderschrank hinein und schon ging's los.

Unser erprobtes Urlaubsgespann

Im Gegensatz zum Frühjahr war es ziemlich heiß. Die Luft war stickig. Für die Rast suchte Herrchen Schattenplätze. Wir waren froh, als wir endlich den Hafen erreicht hatten. Es war „Schlafenszeit“. Zusammen mit tausenden

Neue Reisevariante

Passagieren warteten wir im Hafen auf die Fähre. Pustekuchen, weit und breit war nichts zu sehen! Frauchen und Herrchen waren sichtlich genervt. Ihr ärgerlicher Blick auf die Uhr sprach Bände. Ich ließ mich von all dem nicht aus der Ruhe bringen und schlief seelenruhig im Wohnwagen. Ich verstand nicht, weshalb sich die beiden so aufregten. Wir hatten doch alles, was wir brauchten. Wir hatten ausreichend Wasser, (Fr)essen und gemütliche Liegeplätze.

Als ich zwischen den wartenden Passagieren meine Retrieverfreundin Tempesta entdeckte, wurde die Warterei noch mal so schön.

„Hallo Ipo“, begrüßte sie mich. „Auch wieder auf Tour nach Sardinien?“

Ich brachte kein Wort heraus. Wenn ich dieser Hündin

begegnete, verschlug es mir regelrecht die Sprache. Und das kommt bei mir selten vor. Noch bevor ich etwas erwidern konnte, drängte Tempestas Herrchen zum Aufbruch. Endlich hatte die Fähre festgemacht und war bereit für die Verladung. Ich ging davon aus, dass ich Tempesta am Strand wiedertreffen würde und ließ sie ziehen.

Die Überfahrt gestaltete sich ebenso wie im Frühjahr. Nur dass wir dieses Mal die King-Size-Variante der Kabine gebucht hatten. Ich erinnerte mich, wie kurz die Nacht im Frühjahr gewesen war und legte mich sofort aufs Ohr.

King-Size-Bett für vierbeinige Urlaubsbegleitung

Am nächsten Morgen empfing uns Bella Sardegna bei strahlend blauem Himmel und sommerlichen Temperaturen. Herrchen steuerte unser Gespann allerdings in eine ganz andere Gegend. Mehr als dreißig Mal hatte ich die Anfahrt zu unserem Lieblingscampingplatz absolviert. Ich kannte jede Kurve, jede Wegkreuzung. Diese Route führte definitiv woanders hin. Sie überbot alles bisher da gewesene. Es ging steil bergauf und bergab. Die Straße schlängelte sich in endlosen Kurven durch die Berge. Herrchen war hochkonzentriert und Frauchen mucksmäuschenstill. Ich bündelte meine Kräfte, damit mir nicht übel wurde. Die Bremsen am Wohnwagen stanken und rauchten. Wir legten eine Zwangspause ein.

Nach über zwei Stunden Fahrt hatten wir endlich unser Ziel erreicht. Eine breite Einfahrt öffnete den Weg zu einem schattigen Pinienwald, in dem sich andere Camper bereits häuslich eingerichtet hatten. Auf den ersten Blick gefiel mir der Platz sehr gut. Große Parzellen boten

Perfekte Strandidylle

auch angeleint ausreichend Auslauf für Hunde. Die Pinienbäume spendeten Schatten. Für ausreichend Abfrischung war gesorgt, denn jeder Stellplatz hatte seinen eigenen Wasseranschluss.

Auf den ersten Blick äußerst hundefreundlich

Herrchen nahm sich ein Herz und wählte einen Stellplatz direkt hinter dem Tennisplatz. Die meisten Camper störten sich an dem „Tic Tac" der geschlagenen Bälle. Auf mich wirkte dieses Geräusch erst beruhigend und dann aufregend. Das monotone Geräusch der auf die Schlagseiten auftreffenden Bälle wiegte mich förmlich in den Schlaf. Auf meinen Spaziergängen patrouillierte ich hinter dem eingezäunten Gelände. Treffsicher fand ich jeden Ball, der über die Trenngitter hinausflog. Ich erbeutete jede Menge Bälle, die ich anschließend meistbietend ablieferte. Neben Strandspaziergängen und Schwimmübungen war schon mal für weiteren Freizeitspaß gesorgt. Dieser Umstand stimmte mich versöhnlich.

Ich freundete mich sozusagen mit dem neuen Campingplatz und dessen Gegebenheiten an. Hätte mich zu

Für jeden Geschmack das richtige Plätzchen

Beginn bereits jemand aufgeklärt, dass auf die Einhaltung des Strandverbots für Hunde strikt geachtet werde und bei Missachtung empfindliche Geldbußen drohten, hätte ich keine Pfote auf den Platz gesetzt. Nichtsahnend, welche Mängel der fünf Sterne Luxusplatz für wasserbegeisterte Vierbeiner aufweisen würde, legte ich mich schlafen.

Schlechte Karten

Erfahrungsgemäß waren Herrchen und Frauchen sowieso erst einmal damit beschäftigt, sich häuslich einzurichten. Sie signalisierten stets, dass sie dabei auf meine Unterstützung nicht angewiesen waren.

Ich weiß nicht, wie lange ich im Schatten

des Baumes gedöst hatte. Als ich wach wurde, war ich bereit für die Erkundung der Gegend. Wir standen direkt am Korridor zum Meer. Windsurfer flitzten mit ihren Brettern und Segeln durch ein schmales Gate. Genau da wollte ich auch hin. Ich roch das Meer und hörte die Brandung. Ich freute mich auf ein erfrischendes Bad, als Robert am Ausgang abrupt stehen blieb. Er sah mich an und versuchte mir verzweifelt zu erklären, dass dieser Strand für mich absolut tabu war.

Weit und breit kein Mensch

„Tut mir leid Ipo, aber die scheinen es hier mit dem Strandverbot für Hunde sehr ernst zu nehmen."

Der Strand war nicht sonderlich voll. Und so schnell war ich auf meinen vier Pfoten auch nicht mehr unterwegs, als dass ich jeden einstauben oder anspringen würde, der genüsslich im Sand liegt und in seiner Reiselektüre schmökert. Was sollte der Unsinn?

Falls sich das Strandverbot für Vierbeiner nicht wenigstens stundenweise aufheben lässt, würde ich meinen Reisepreis zurückfordern. So viel war klar.

Stellt Euch vor, Ihr hättet ein Hotel mit Pool gebucht und müsstet bei Eurer Ankunft feststellen, dass dieser gerade renoviert wird und nicht benutzt werden kann. Ihr würdet dem Hotelmanager sicherlich was erzählen. Herrchen versuchte, mit der Dame an der Rezeption zu verhandeln. Sie ließ sich nicht erweichen. Sie faselte etwas

Wer soll sich hier an Hundeschnauzen stören?

von unerzogenen Hunde und verantwortungslosen Hundehaltern, die nicht mal den Kot ihrer Vierbeiner aufsammelten. Schließlich verwies sie auf die luxuriöse Hundedusche, die sie extra für das Wohl der Vierbeiner auf dem Platz installiert hätten. Die nahmen wir dann auch gleich unter die Lupe.

Hundedusche mit Selbstbedienung

Ich konnte kaum glauben, was ich sah. In einer kleinen Bretterbude aus Holz war eine Edelstahlwanne untergebracht, die sich je nach Größe des Hundes zum Einsteigen nach unten und oben fahren ließ. Ein Shampoospender und ein Föhn komplettierten das Angebot. Ich gehe doch nicht in eine künstlich geschaffene

Ich bin doch kein Versuchskaninchen für dieses Folterinstrument.

Wellnesslandschaft, wenn ich das Meer direkt vor der Haustüre habe. Ein Bad im Meer mit anschließendem Ganzkörperpeeling im Sand ist durch nichts zu ersetzen. Und die Damen an der Rezeption glaubten wirklich, ich würde mich mit lauwarmem Süßwasser begnügen und mich anschließend auch noch trocken föhnen lassen? Ich bin doch kein Warmduscher!!

Frauchen registrierte mein Entsetzen und versuchte mich zu beruhigen. „Keine Angst Ipo, wir gehen spät abends oder früh morgens mit dir an den Strand. Wir haben immer einen Weg gefunden, um Verbote zu umgehen. Wir werden auch dieses Mal eine Lösung finden."

Während Frauchen hoffte, das Problem auf italienische Art zu lösen, sah Herrchen die Sache realistisch. Im Frühjahr, wenn die Wassertemperaturen niedrig sind und der Wind um die Ecke bläst, sah er kein Problem, trotz Strandverbots für Vierbeiner. Jetzt, am Ende der Hoch- und Badesaison, würde schnell jemand zur Stelle sein, der unserem Treiben ein Ende setzte.

Die beiden hatten mehrmals versucht, mit mir an den Strand zu gehen und sich dabei sichtlich unwohl gefühlt. Urlaubsfeeling kam kaum auf.

Land unter

Auch wenn ich mich mit Ausnahme des Kinderspielplatzes überall aufhalten durfte, war das Strandverbot für mich nicht eine kleine Unannehmlichkeit, sondern ein wesentlicher Mangel, den ich nicht akzeptieren konnte. Ich war heilfroh, als wir unsere Sachen packten und wieder nach Hause fuhren. Ständiger Regen führte zu Überschwemmungen am Campingplatz. Auch die großen Regenpfützen, die auf die Größe eines Sees anwuchsen, boten nur ansatzweise Ersatz für das Meer.

Bevor die beiden noch einmal auf die Idee kommen würden, diesen Platz auf Sardinien mit mir aufzusuchen, bleibe ich lieber zu Hause. Ich bin doch im Urlaub und nicht zur Kur mit Schonprogramm.

Eine Liebeserklärung an meine Heimat

Bei uns im bayerischen Alpenvorland hat jede Jahreszeit etwas Besonderes zu bieten. Wir sind nahe am Chiemsee, Simssee und eine Vielzahl kleinerer Badeseen befinden

Wohnen, wo andere Urlaub machen

sich auf meinen Gassirunden. Kein Wunder, dass diese Lage vor allem bei uns wasserbegeisterten Retrievern einen hohen Freizeitwert besitzt. Aber auch die Berge mit Hochries, Wendelstein und Kampenwand bieten zu jeder Jahreszeit beste Freizeitsportbedingungen.

Bei schönem Wetter bläst morgens bis mittags ein thermischer Wind. Er wird durch das Inntal gepresst. Sein Einfluss reicht bis zu unserem Haus. Ich liege dann gerne auf der Terrasse und lasse mir den frischen Wind um die Nase wehen. Besonders im Hochsommer ist diese natürliche Abkühlung eine Wohltat.

Zahlreiche Cafés und Biergärten laden zum Verweilen ein. Und bei guter Pizza und Pasta kommt man sich schon mal wie in Italien vor. Warme Föhntage sorgen selbst im Herbst noch für Sommerfeeling. Kühle Bergbäche bieten Abfrischung für erhitzte Fellnasen. Saftige Wiesen laden zum Faulenzen ein. Für jedes Alter und für jede Fitness bietet das Freizeitparadies rund um meinen Heimatort Rosenheim ausreichend Möglichkeiten. Radler, Jogger, Nordic Walker, Bergwanderer – die Menschen sind an der frischen Luft aktiv. Da braucht es höchstens mal an

Draußen sein, aktiv sein – hier gehören wir hin.

Regentagen eine Aufmunterung von uns Vierbeinern, damit Herrchen und Frauchen mit uns nach draußen gehen. Klar, dass die Menschen in so einer Umgebung gut drauf und freundlich sind. Kurz und gut: Ich wohne da, wo andere Urlaub machen.

Bei so viel Ferienspaß direkt vor der Haustüre muss es nicht immer eine Reise nach Sardinien sein, um mich glücklich zu machen. Kurze Anfahrtswege lassen mein

Freizeitparadies zu jeder Jahreszeit

Rentnerherz höher schlagen. Alles, was ich zum lustvollen Leben brauche, habe ich direkt vor meiner Nase. Deshalb war ich im fünfzehnten Lebensjahr nicht enttäuscht, als wir trotz Urlaubseinkauf und Südwindlage unseren Urlaub zu Hause verbrachten.

Bei aller Euphorie, ein Wehrmutstropfen bleibt: Bei Computer- und Hausarbeit fällt es Frauchen sichtlich schwer, den Alltag hinter sich zu lassen. Ständig hat sie etwas zu erledigen. So entspannt wie auf Sardinien habe ich sie zu Hause noch nie erlebt. Nur gut, dass mein Herrchen auch zu Hause der Sinn nach echten Urlaubstagen steht. Er besteht darauf, auszuschlafen und mit einem ausgedehnten Frühstück in den Tag zu starten.

Auf Schnäppchenjagd

Wie auf Sardinien, unternehmen wir anschließend auch zu Hause einen Stadtbummel. Während Herrchen und ich bei einem Cappuccino sitzen, mustert Frauchen ausgiebig die Schaufenster der Modeboutiquen. Sie kann sich richtig verlieren in Miniröcken, Hosen und hübschen Pullovern.

Auf einmal vergisst sie die Zeit und wir müssen sie daran erinnern, dass unser Kühlschrank zu Hause gähnend leer ist und dringend gefüllt werden muss. Bei Gemüse, Pasta und Käse schlagen wir dann so richtig zu. Nur gut, dass wir

Einkaufsberater mit Ordnungssinn

diese Dinge zu Hause auch auf dem Markt bekommen. In die Geschäfte darf ich ja meist als vierbeiniger Einkaufsberater nicht mit hinein. Vor der Bäckerei warte ich schon mal artig, um anschließend die großen Weißbrotstangen zum Parkhaus zu tragen. Alle paar Meter brauche ich Wegzehrung und fordere Belohnung. Die lobenden Worte der Passanten tun gut. Zu Hause helfe ich, die Lebensmittel zu verstauen. Tüte für Tüte liefere ich gegen Sofortkasse ab.

Während Herrchen anschließend die Neuigkeiten in der Tageszeitung studiert, lege ich mich geschafft zu seinen Füßen aufs Ohr. Frauchen wedelt mit dem Putzlappen hinter uns her. Wir beide finden das ziemlich ungemütlich und brechen gerne zu einem Spaziergang auf. Wenn wir davon zurückkehren, ist alles genauso blitzblank wie vor unserem Weggang. Wir beide können jedenfalls keine Veränderung feststellen. Im Wohnwagen hat Frauchen zum Glück nur wenige Quadratmeter, die sie schrubben kann. Zu Hause findet sie immer irgendwo einen Staubrest, den es zu beseitigen gilt. Mit der Zeit haben wir uns an ihren Putzfimmel gewöhnt. Bei Sonnenschein lässt sie schon mal alles stehen und liegen, um mit uns auf eine Wanderung zu gehen. Sie ist jedenfalls lernfähig und wir sind die besten Ausbilder für gelungenen Freizeitspaß.

Unterwegs als Ausbilder für Freizeitspaß

Golden Fieber in der Nachbarschaft

Es war früh am Morgen. Ich traute kaum meinen Augen. Es konnte sich nur um eine Halluzination handeln. Im Nachbarsgarten streifte ein junger Golden Rüde durch die Gegend. Ob der sich wohl verlaufen hat? Interessiert beschnupperte er jedes Blatt. Er schien mich nicht wahrzunehmen. Er ließ sich durch nichts von seiner Erkundungstour ablenken. Ich hörte Frauchen mit den Müslischalen klappern und entschied, mich erst einmal um die wichtigen Dinge zu kümmern. Sollte die gold-

Was hören meine Golden Ohren?

gelbe Fellnase hinterher immer noch da sein, würde ich schon noch mit ihr in Kontakt kommen. Als ich später wieder nach ihr Ausschau hielt, war sie verschwunden.

Nebenbuhler mit sportlichen Ambitionen

Am darauffolgenden Tag hörte ich ein mir unbekanntes, zum Spiel aufforderndes Bellen. Aufgeregt lief ich in den Garten. Da war er wieder. Jung, wunderschön gebaut und ein Traum von einem Golden. Dieses blonde Goldstück schien sich nicht nur vorübergehend bei unseren Nachbarn aufzuhalten. Es sah aus, als würde er für immer hier wohnen.

Dieser Sache musste ich sofort auf den Grund gehen. Ich war mir nur nicht ganz sicher, wie ich die erste Begegnung arrangieren sollte. Bisher war ich Jungspunden bestens gewachsen. Ich wies sie sofort in ihre Grenzen. Ich war schneller, wendiger und spritziger als die meisten anderen Vierbeiner. Jetzt war ich zwar erfahrener als die meisten, allerdings auch wesentlich wackeliger auf den Beinen.

Noch ehe ich eine Entscheidung getroffen hatte, stürmte Frauchen schon an den Gartenzaun, um den blonden Jüngling zu begrüßen.

„Hallo, wer bist du denn?“, rief sie entzückt.

Schwanz wedelnd, den ganzen Körper vor Freude wippend rannte er auf sie zu.

„Das ist Rocky“, hörte ich unsere Nachbarin. „Wir haben ihn gestern bekommen. Sein Herrchen ist verstorben. Eine Freundin war auf der Suche nach einem guten Platz für ihn. Wir haben uns entschieden, ihn bei uns aufzunehmen.“

Frauchen wusste um die große Liebe unserer Nachbarn zu unserer Rasse. Hatten sie doch einige Zeit vor unserem Einzug bereits einen Golden Rüden, der mit dreizehn Jah-

Ich weiß, wen und was ich will.

ren plötzlich an einem Schlaganfall verstarb. Sie hingen lange an ihrem verstorbenen Vierbeiner und der Abschied fiel immer noch schwer. Jetzt waren sie fähig, wieder einen Vertreter unserer Rasse bei sich aufzunehmen. Ich würde den Teufel tun und ihm das Leben neben mir schwer machen.

Schon unser großer Altersunterschied machte eine Rangordnungbestimmung überflüssig. Unsere Territorien waren klar abgegrenzt und Rocky erweckte nicht den Eindruck, als wolle er mir meinen Status als Platzhirsch streitig machen.

Ich hatte gerade meine Gedanken geordnet, als Fabia, die hübsche Nachbarshündin, bei Rocky im Garten auftauchte. Die beiden verloren sich in einem überschwänglichen Spiel. Diesem Temperament war ich nicht mehr gewachsen. Frauchen hatte den Anflug von Melancholie bemerkt. „Du musst nicht traurig sein, Ipo. Du bist vielleicht nicht mehr so beweglich wie die beiden, dafür aber umso erfahrener."

Sie hatte Recht. Mir machte niemand etwas vor. Die beiden könnten viel von mir lernen. Meine Aufgabe sollte also darin bestehen, ihnen mit meiner Altersweisheit beiseite zu stehen. Nichts leichter als das, dachte ich mir und trottete zurück in die Küche.

Verspätete Midlife-Crisis

Unangenehme Gedanken drängten sich auf. Mit einem Mal störten mich meine graue Schnauze, die paar lockeren Zähne und die steifer werdenden Bewegungen. Dabei war ich immer dafür bekannt gewesen, mich nicht an Zipperlein zu stören, sondern nur das zu sehen, was mir im Alter noch alles möglich ist.

Habe ich etwas verpasst?

Ich tat viel, um bis ins hohe Alter gesund und fit zu bleiben. Ständig erntete ich bewundernde Blicke anderer Hundebesitzer. „Was, Ipo ist schon fast fünfzehn? Das sieht man ihm wirklich nicht an.“ Warum um alles in der Welt bekomme ich plötzlich das Gefühl, ich könnte in meinem Leben etwas verpasst haben?

Jede Lebensphase habe ich bisher voll und ganz ausgekostet. Ich werde auch im Alter nicht der Opa sein, der nur zu Hause sitzt und darauf wartet, dass die Zeit vergeht. Ich will weiterhin aktiv am Leben teilnehmen und etwas aus meinen Tagen machen.

Dieser Lebenseinstellung stand im Grunde auch nichts im Weg. Ich war gesund und gut trainiert. Ich brauchte weder Schmerzmittel, noch Herztabletten. Mit Frauchen

Altersweisheit sticht Jugendzauber

und Herrchen hatte ich ganz Europa bereist. Ich war in den Bergen, am Meer und habe einen ganzen Winter auf den Kanaren verbracht. Ich habe bereits in jungen Jahren alles erlebt, wovon andere im Rentenalter träumen. Aber ich hörte immer öfter aus Frauchens Mund: „Das ist für Ipo zu anstrengend. Das können wir Ipo in seinem Alter nicht mehr zumuten.“ Kein Wunder, wenn solche Aussagen an meinem Selbstwertgefühl nagten.

Nicht traurig über das, was war

Langsam ordneten sich meine Gedanken wieder und mir wurde bewusst, das ich alles in meinem Leben genau so wieder erleben möchte, wie ich es bis jetzt erlebt habe. Meine Unruhe wich Gelassenheit. Ich fühlte mich wieder

Freudig über das, was ist

rundum wohl in meiner Haut. Ich spürte tiefe Zufriedenheit. Ich würde gerne mein Leben so weiterführen, wie bisher und die tiefe Liebe von Frauchen und Herrchen geschenkt bekommen. Es gibt keinen Grund melancholisch zu sein, nur weil ich ein paar Jahre mehr auf dem Buckel habe.

Anti-Aging- und Schönheitsprogramm

So mancher Mensch glaubt, er könne das Altern mit diversen Hilfsmitteln aufhalten. Vor allem für die sichtbaren, äußeren Zeichen des Alterns, den sogenannten Falten, gibt es wahre Wunderprodukte.

Seit geraumer Zeit schon beobachte ich, wie Frauchen in Cremetöpfe greift, eine Paste hervorholt und sie sich ins

Gesicht streicht. Früher waren die Tiegel weiß gewesen, nun sind sie golden. Auch wenn Frauchen sich einbildet, sie könne mit ihrer Kosmetik die Faltenbindung unterbin-

Verschiedene Rezepte gegen unliebsame Altersspuren

den, an meine Haut lasse ich nur Wasser und Erde. Ich halte es wie so mancher männliche Zweibeiner. Falten machen ein Männergesicht doch erst interessant. Wind, Sonne und Meerwasser hinterlassen eben ihre Spuren. Dafür strahlt ein von der Sonne gegerbtes Gesicht Abenteuerlust und Naturverbundenheit aus. Eine gesunde Lebensführung mit gedünstetem Brokkoli und Karotten leistet ihr übriges im Kampf gegen ungeliebte Alterserscheinungen. Ich bin ein Gemüsefan und habe das Gefühl,

dass die darin enthaltenen Vitamine und Spurenelemente ausreichen, um meinen Bedarf zu decken.

Frauchen sucht ständig nach Nahrungsergänzungsmitteln für Hundesenioren. Zur Stärkung der Muskeln, Gelenke und des gesamten Bindegewebes macht ein Pülverchen hie und da noch Sinn. Ich lehne solche Hilfsmittel aber strikt ab, wenn sie dazu dienen sollen, meine Haut elastisch zu halten. Ein rohes Eigelb im täglichen Futter versorgt mich mit allem, was ich brauche. Ab und an ein Löffel Öl – das bringt mein Fell zum Glänzen. Ich bin sicher, dass ausreichend trinken und wenig Stress den Altersprozess ebenfalls verlangsamen. Und obwohl ich zu den hellfelligen Typen zähle, ist meine Haut nicht empfindlicher, als die eines schwarzen Zottelbärs.

Ich trotze den Jahren und sprühe vor Lebenskraft.

Zugegeben, im vergangenen Winter war meine Nase trocken und rissig. Selbst durch angestrengtes Schnüffeln konnte ich nicht selbst für ausreichend Feuchtigkeitstransport sorgen. Aber ihre kostbaren Cremes teilte Frauchen nicht mit meiner trockenen Hundenase. Als sie triumphierend mit einem großen Plastiktiegel in der Tür stand, war Gegenwehr zwecklos. Irgendwer hatte ihr erzählt, dass

Trockene Altershaut bekämpfe ich mit meinen eigenen Waffen.

man bei Kälte besonders fettreiche Cremes verwenden muss. Sie würden die Haut im Winter pflegen und vor dem Austrocknen schützen. Frauchen schmierte mir eine gehörige Portion Paste auf die Nase. Abgesehen davon, dass meine Nase glänzte wie ein polierter Spiegel, blieb auch noch alles an der Fettpampe kleben. Brotkrümel und Staubreste zog meine eingefettete Nase magisch an. Geduldig leckte ich mit meiner rauen Zunge alles von meiner Hundeschnauze ab und siehe da, auf einmal war sie wieder mit ausreichend Feuchtigkeit versorgt.

Nützliche Kommunikationshilfen

Mit zunehmendem Lebensalter lässt auch unter Vierbeinern die Sehkraft nach. Für Frauchen Anlass genug, mich beim Tieraugenarzt vorzustellen. Eine sympathische Dame empfing mich. Sie warf Wattebauschen durch die Luft und beobachtete meine Reaktion darauf. Alles, was durch die Luft wirbelt, übt auf einen Retriever eine geradezu magische Anziehungskraft aus. Dabei spielt es keine Rolle, ob sich dieses Etwas laut oder vollkommen geräuscharm bewegt. Wer ein Leben lang sein Auge darauf schult, alles, was sich am Himmel bewegt, zu beobachten, um es zu apportieren, wenn es mal auf dem Boden gelandet ist, dem entgeht im hohen Alter nicht einmal eine Sternschnuppe. Ich bin überzeugt, dass der Sehtest unter anderem wegen meiner rassetypischen Anlagen besonders gut ausgefallen ist. Nach eingehender Untersuchung konnte die Ärztin weder eine Linsentrübung noch eine andere Augenerkrankung feststellen. „Ipo sieht mit

Mir entgeht nichts.

vierzehn Jahren wie ein Luchs", lautete ihre Diagnose und machte Frauchen damit überglücklich.

Im Grunde bestätigte die Augenärztin nur Frauchens Beobachtungen. Mir entging rein gar nichts. So, wie meine Ohren alles hörten, was ich hören wollte, so sah ich mit meinen Augen alles, was mir wichtig war. Trotz dieser erfreulichen Nachricht bat die Ärztin um Kontrollbesuche in regelmäßigen Abständen. Angesichts ihrer netten Art und den leckeren Belohnungskeksen ließ ich mich dazu gerne überreden.

Während ich bei der Augenuntersuchung mit einem blauen Auge davon kam, hatten Frauchen und Herrchen weniger Glück. Frauchen stellte vermehrt fest, dass sie Schmutz und Staub nicht mehr so leicht auffindet. Auf gemeinsamen Spaziergängen blieb sie zwar auf dem Weg, aber sie erkannte Freunde und Bekannte erst, wenn diese direkt vor ihrer Nase standen. Der Besuch beim Optiker brachte Klarheit. Frauchen brauchte eine Brille. Als ich merkte, mit welchem Unmut sie das Gestell mit Gläsern auf die Nase setzte, war ich heilfroh, dass mir so etwas erspart geblieben ist.

Herrchen ging es nicht besser. Bei schummrigem Licht hatte er Mühe, die Wörter in der Zeitung zu entziffern. Beim Lesen der Speisekarten landete er immer häufiger bei seinem Lieblingsgericht und bei der Bildschirmarbeit

Das macht einem das Leben im Alter leichter.

taten ihm nach kurzer Zeit die Augen weh. Auch er kam um das Spekuliereisen nicht herum. Zum Spaß setzten mir die beiden Herrchens Brille auf die Nase. Ich fand die Sache halb so schlimm. Mit einem Mal wirkte ich weise und gereift. Leider sah ich dadurch alles verschwommen.

Die Lebenserfahrung ist mir förmlich ins Gesicht geschrieben.

Bevor Herrchen die Brille bekam, probierte er ständig neue Handys aus. Die Tasten und Schriften darauf wurden immer größer. Es hätte nicht mehr lange gedauert und ich hätte die Tasten mit meinen Pfoten bedienen können. Bis heute ist es mir schleierhaft, wieso die Zweibeiner den lieben langen Tag mit diesem Ding am Ohr umherlaufen. Sie gestikulieren dabei wie wild, aber niemand in ihrer Umgebung geht auf sie ein. Gibt das Gerät bestimmte Klingeltöne von sich, lassen sie sofort alles stehen und liegen und beschäftigen sich nur noch mit dem Plastikgehäuse. So eine Reaktion möchte ich auch einmal bei einmaligem, lautem Bellen bekommen. Setze ich einen Laut im unpassenden Moment ab, so wird mein Versuch, Aufmerksamkeit zu bekommen schnellstens unterbunden. Ein Handy darf in den unmöglichsten Momenten bimmeln und niemand schimpft es dafür aus.

Eingehende Anrufe werden sofort erledigt. Wunder dauern länger.

Genießergaumen und Seniorengebiss

Zahnhygiene wurde bei mir in jedem Lebensalter groß geschrieben. Einmal wöchentlich putzt Frauchen meine Zähne mit einer leckeren Paste. Ich empfinde es als unangenehm, wenn sie an meinen Zähnen rubbelt. Der gute Geschmack der Zahnpasta und die anschließende Belohnung stimmten mich aber versöhnlich.

Zweimal jährlich nimmt mein Tierarzt mein Gebiss unter die Lupe. Mit Handinstrumenten und Ultraschall entfernt er alles, was Frauchen beim Zähneputzen übrig lässt. Ich dachte eigentlich, durch den Verzehr des allabendlichen Hundekeks hätte Zahnstein bei mir keine Chance. Der Tierarzt sieht das anders und findet immer noch irgendwo Plaque, den er entfernt. Die Prozedur schlaucht tierisch. Hätte er mir nicht immer wieder versichert, dass die Ultraschallbehandlung die einzige Möglichkeit sei, bis ins hohe Alter kraftvoll zu beißen – ich wäre jedes Mal auf und davon. Dank seiner Hilfe kann ich selbst mit vierzehn Jahren noch alles essen.

In der unteren Zahnreihe fehlen vorne zwei Minizähne. Ich finde das nicht weiter schlimm, es ist lediglich ein

Äußerst angenehme Zahnhygiene

kleiner Schönheitsfehler. Für das Kauen von Knochen und Keksen brauche ich sie sowieso nicht. Die Zähne habe ich nicht wegen mangelnder Zahnhygiene, sondern durch Zerrspiele als Junghund eingebüsst. Ich liebe harte Hundekuchen und steinhartes Vollkornbrot. Auch wenn mir die Zahnhygiene nicht besonders behagt, sichert sie mir ein gesundes Gebiss, um all das zu genießen.

Unangenehmer Maulgeruch, der weibliche Zwei- und Vierbeiner sofort in die Flucht schlägt, hat bei mir keine Chance. Und selbst wenn an dem einen oder anderen Beißer der Zahn der Zeit nagt, bleiben noch genügend andere übrig, um mein Futter zu genießen. Zur Not stelle ich mich irgendwann auf Hundebrei um. Ich habe schon Menschen beobachtet, die ihr Gebiss nur dann einsetzen, wenn sie es brauchen. Vielleicht entwickelt schon bald jemand die dritten Zähne für Vierbeiner?

Betthupferl

Von vierbeinerfreundlichen Hotels kenne ich kleine Aufmerksamkeiten wie Willkommenskekse oder ein mit frischem Wasser gefüllter Hundenapf. Besonders auf die Bedürfnisse von Fellnasen ausgerichtete Herbergen legen schon einmal Handtücher zum Säubern der Pfoten und

Das nenne ich Service.

Plastiktüten zum Entsorgen der Hinterlassenschaften bereit. Von diesen Artikeln wird man zwar nicht satt, aber sie signalisieren, dass man Hunde mit ihren natürlichen Bedürfnissen durchaus ernst nimmt. Einmal fand ich sogar ein mit Liebe ausgewähltes Betthupferl auf meiner Hundedecke vor. Ich fühlte mich sofort wie zu Hause, denn seit dem Welpenalter gehe ich nie ohne einen Gute-Nacht-Keks zu Bett.

Herrchen hat eine Schale im Schlafzimmer drapiert. Darauf liegen die von mir heiß geliebten Reiswaffeln. Jeden Abend zelebrieren wir das gleiche Ritual. Während Herrchen noch seine Zähne putzt, lege ich mich demonstrativ vor die Schlafzimmertüre. Erst bei seinem Griff in die Keksdose bewege ich mich auf meine Hundedecke vor seinem Bett. Mit einem Streichler und einer Gute-Nacht-Geschichte, die heißt „Danke, dass es dich gibt", schafft er die Voraussetzungen für meinen guten Schlaf. Beim Genuss der knusprigen Reiswaffel sinke ich allerdings nicht gleich in den Tiefschlaf. Der Leckerbissen hat mich

Gute-Nacht-Geschichte oder Liebe geht durch den Magen

erst auf den Geschmack gebracht. Unruhe macht sich breit. Ich stehe wieder auf und stelle mich vor Frauchens Bett. „Hast du nicht auch eine Gute-Nacht-Geschichte mit Betthupferl für mich bereit?“ Mein Versuch, sie derart zu manipulieren, dass sie aufsteht und Betthupferl Nummer zwei an mich verfüttert, klappt immer. An besonders guten Tagen gelingt es mir, noch mindestens zwei weitere Leckerbissen zu ergattern. Dann heißt es allerdings endgültig: „Licht aus, gute Nacht, Ipo!“

Seniorenauto und Best Ager Fahrstil

Wie man sich bettet, so schläft man. Diese Aussage bewahrheitet sich für uns Vierbeiner auch im Auto. Zum untätigen Beifahrer degradiert, können wir wenigstens durch unsere Anwesenheit für gute Laune sorgen. Bei einem gut gepolsterte Hundeplatz und einem sanften Fahrstil fällt uns das leicht.

Mit zunehmendem Alter verändern sich die Anforderungen an ein hundegerechtes Autokonzept. Wegen der nachlassenden Sprungkraft bereitet mir beispielsweise das Einsteigen in den PKW zunehmend Probleme. Der Laderaum schien sich immer weiter vom Boden zu entfernen

Irgendwann komme ich unten an.

und in die Höhe zu wachsen. Auf einmal war er unerreichbar hoch. Statt auf ein Automodell zu wechseln, in das ich ohne große Verrenkungen einsteigen kann, kam Frauchen auf die Idee, eine Einstiegshilfe zu besorgen. „Manche Hunde nutzen sie bereits in jungen Jahren bereitwillig", erklärte die Verkäuferin im Heimtierladen. Frauchen hatte ihre Bedenken und hörte sich unter Hundefreunden um. Ihre beste Freundin und Golden Besitzerin hatte vor einiger Zeit die Luxusversion gekauft. Trotz gut schmeckender Lockmittel konnte sie ihren Vierbeiner nicht vom Produktnutzen überzeugen. Seither verstaubte das teuere Stück in der Garage. Rutschfeste Gummimatten und Querholzstreben sollen angeblich für optimale Trittsicherheit sorgen. Abgesehen davon, dass mich diese Einstiegshilfe sofort als Oldie outen würde, bringen mich keine zehn Pferde auf diesen wackligen Laufsteg.

Frauchen versuchte, mich mit einem wortwörtlich zu nehmenden „stufenweisen Training" trotzdem daran zu gewöhnen. Verständlich, wenn man bedenkt, dass sie von nun an einen dreißig Kilo schweren Rüden in und aus dem Auto heben musste. War ich sauber und trocken, fiel es ihr nicht allzu schwer. Mit dreckigen Pfoten und Schlamm am Unterbauch hatte sie entschieden weniger Freude.

Aber ich weigerte mich vehement, auch nur eine Pfote auf die Einstiegshilfe zu setzen. Frauchen gab nicht auf. Ich versuchte die Einstiegshilfe zu umgehen, indem ich an ihr vorbei ins Auto sprang. Herrchen beobachtete unser Treiben mit sichtlichem Unwohlsein. „Vorsicht!", rief er. „Wenn Ipo versucht, daran vorbeizuspringen, kann er mit den Hinterläufen an der Stoßstange hängen bleiben und sich stark prellen." Einmal mehr kannte er mich besser als Frauchen. Er wusste, dass ich mich mit dem Teil niemals anfreunden würde.

Kurze Zeit später stand ein Kleinwagen vor der Tür. Das Heck liegt um einiges tiefer. Der Einstieg fällt mir leichter. Nachdem die Rücksitze ausgebaut und eine hun-

Das Auto für flotte Feger

degerechte Liegewiese geschaffen worden war, entwickelte sich das neue Auto schnell zum Lieblingsgefährt. Na, also. Geht doch, dachte ich mir. Verdunkelte Scheiben schützen mich vor der Sonne und vor neugierigen Blicken. Herrchen verschraubte ein Trenngitter zwischen Gepäckraum und den Vordersitzen. Es ist TÜV-geprüft, bombenfest und absolut sicher. Selbst bei heftigen Bremsmanövern bleibe ich gut im Heck des Autos verstaut. Durch die ausgestanzten Ausschnitte kann ich ungehindert meine Hundenase stecken. Selbst betteln ist von hier aus möglich. Aus designtechnischen und aeorodynamischen Gründen ist die Kopffreiheit leider stark reduziert. Im Sitzen stoße ich mit dem Kopf fast gegen das Dach. Da ich auch im Liegen alles sehe, was um mich herum geschieht, lege ich mich gerne auf die faule Haut. Das bockige Fahrwerk begeistert mich nicht allzu sehr. Herrchen fährt rücksichtsvoll wie auf rohen Eiern durch die Kurven. Frauchen bemüht sich redlich, es ihm gleich zu tun, sie kann allerdings ihren sportlichen Fahrstil nie ganz ablegen. Kein Wunder also, wenn ich Herrchen tausendmal lieber auf seinen Autofahrten begleite. Als er kürzlich durch abruptes Bremsen mein gesamtes Rückgrat durcheinander schob, war ich allerdings von seinen Fahrkünsten nicht mehr ganz so überzeugt.

Für charmante Begleitung ist Platz in der kleinsten Hütte.

Weiberhelden

Wie mein um ein Jahr jüngerer Retriever Freund Leo fühle ich mich vom weiblichen Geschlecht magisch angezogen. Die Liste unserer angeblichen Geliebten wächst unaufhaltsam. Darunter finden sich Hundedamen jeglicher Rasse und Größe. Klar, dass wir uns über Neuzugänge am weiblichen Hundemarkt austauschen.

Unser Jagdrevier liegt zum Glück weit genug voneinander entfernt. Die Gefahr, dass einer in der Zone des anderen wildern geht, ist somit nicht gegeben. Leos wertvolle Tipps haben mir oftmals den Weg zur Eroberung geebnet. Er lebt in einem kleinen Dorf nahe meiner Heimatstadt. Er ist ein stattlicher und ausnehmend hübscher Rüde.

Klar, dass die weiblichen Fellnasen auf ihn fliegen. Beim Geruch einer gut duftenden Hundedame läuft Leo zu Höchstform auf. Trotz Arthrose quetscht er sich unter dem Zaun hindurch. Immer der Nase nach folgt er der Spur. Treffsicher landet er bei der hübschen Berner Sennenhündin im Dorf. Die freut sich immer riesig über seinen Besuch. Auch wenn Leo ab und an einen Seitensprung in Form eines Urlaubsflirts wagt, konzentriert er sich überwiegend auf die ortsansässigen Hundedamen. Und auch aus den umliegenden Kurbädern kommen Hundedamen, in Begleitung von Frauchen oder Herrchen, zu Besuch in Leos Heimatort. Auf der Suche nach einem Kurschatten landet so manche hübsche, vierbeinige Städterin bei ihm.

„In meiner Nachbarschaft wimmelt es im Moment vor feschen Hundedamen. Ich weiß nicht, welcher ist zuerst den Hof machen soll“, brüstete ich mich bei unserem letzten Treffen.

Leo meinte dazu nur: „Bleib locker, Ipo und mute dir in deinem Alter nicht zu viel zu.“

„Was heißt in meinem Alter?“, fragte ich ihn und blickte ihn dabei erstaunt an.

„Du weißt schon, Liebesspiele sind schön, aber anstrengend. Glaub mir, man merkt erst hinterher, wie sehr man sich dabei verausgabt hat.“

Mir klangen Leos Ermahnungen noch im Ohr, als mir eine hübsche Serbin namens Ninja über den Weg lief. Klein, zierlich, wendig und schnell wie ein Wiesel flitzte sie über die Wiesen. Rabenschwarz mit einer Zeichnung um die Augen, als träge sie eine Maske, wirkte sie äußerst anmutend. Sie trug ein pinkfarbenes Brustgeschirr, das ihre kämpferische Erscheinung milderte. Sie war ein Bild von einer Hündin. Ihr südländisches Temperament ließ mich Leos Gesundheitstipp und alle meine Jahre schnell vergessen. Übermütig folgte ich ihr; wir streiften über die Felder. Herrchen ließ mich gewähren. Als sich Ninja und ihr Frauchen von uns verabschiedeten, taten meine Gelenke mächtig weh. Ich hatte mich wieder einmal überanstrengt und humpelte nach Hause. Nur gut, dass Frauchen kleine, weiße Aufbautabletten bereit hält, die mir schnell wieder auf die Beine helfen.

Die Tatsache, dass ich mich beim Liebespiel so verausgabt hatte, erwähnte ich beim nächsten Treffen mit Leo mit keiner Silbe. Der Reiz des weiblichen Geschlechts ist in jedem Alter gegeben.

Dieses Geschöpf lässt mich um viele Jahre jünger aussehen.

Seelenverwandt

Neulich hatte ich eine Begegnung der besonderen Art. Frauchens Stimme überschlug sich am Telefon. „Wir freuen uns riesig, wenn ihr uns besuchen kommt. Morgen um 15:00 Uhr passt perfekt.“ Sie legte den Hörer weg und wandte sich mir zu: „Morgen Nachmittag kommt ein vierbeiniger Sonnyboy zu Besuch. Er heißt Percy. Er ist ein Goldie und fünf Jahre alt.“ Gespannt erwartete ich Percys Auftritt.

Sein Frauchen öffnete die Heckklappe ihres Autos. Ich traute meinen Augen kaum. Darin saß Percy – seine Gestalt, seine Mimik, seine Gestik – ich glaubte mein Doppelgänger stehe vor mir, nur, dass er um zehn Jahre jünger war als ich. Unsere beiden Frauchen waren sich sofort sympathisch. Sie gingen so vertraut miteinander um, als würden sie sich schon ewig kennen. Auch zwischen Percy und mir herrschte absoluter Gleichklang und Harmonie. Ich spürte sofort, dass es zwischen mir und Percy anders war als mit anderen Rüden. Ich würde ihn akzeptieren und keinesfalls auf seinen Platz verweisen. Frauchen war sich da allerdings nicht so sicher und ließ uns deshalb nur kurz beschnuppern.

Percy und ich, das waren zwei Seelen, die sich über den Weg laufen sollten. Es machte sofort „klick" und alles passte zusammen. Wir hatten dieselben Futtervorlieben und -unverträglichkeiten. Wir waren in derselben Mission unterwegs: Freude in das Leben der Menschen zu bringen. Ich hatte das Gefühl, Percy in- und auswendig zu kennen.

Freudebringer mit Aloha Charakter

Dabei hatte ich ihn eben zum ersten Mal getroffen. Die gemeinsame Zeit verging wie im Flug und Percy musste bald wieder abreisen. Zur Erinnerung ließ er mir einen Dinkelkeks seiner Lieblingssorte und sein geliebtes Spieltau zurück. Von da an waren wir immer miteinander verbunden, auch wenn zwischen uns Hunderte von Kilometern lagen.

Frühjahrsputz und Eröffnung der Gartensaison

An Föhntagen mit über zwanzig Grad Celsius kündigt sich der Frühling an. Herrchen räumt die Gartenmöbel auf die Terrasse. Frauchen schrubbt den Schmutz vom Boden. Ich lege mich in den Rasen und döse in der warmen Frühlingssonne. Die Nachbarskinder kommen endlich wieder an mein Grundstück und streicheln mich ver-

Wie lange dauert der Frühjahrsputz?

botenerweise am Zaun. Mit verstohlenem Blick kraulen sie mich hinter den Ohren. Die Kinder wissen ganz genau, dass ich mich über ihre Streicheleinheiten freue. Langsam gewinnen auch die Eltern immer mehr Vertrauen und lassen sie gewähren. Ich beobachte die Kids dabei, wie sie mit ihren Farbkreiden Osterhasen- und Igelfamilien auf die

Seltsame Hasenfamilie

Straße malen. Endlich ist wieder Leben auf der Straße vor unserem Haus. Die Kinder umkreisen mich mit ihren Fahrrädern.

Vorbei ist die Zeit, als wir zitternd vor Kälte schnell in die Häuser verschwanden und die Stauden unter der Schneelast beinahe zusammenbrachen. Stattdessen bewegen sich alle wieder draußen, um die ersten Sonnenstrahlen einzufangen. Die Blumen spitzten wieder aus der Erde und Frauchen startete ihre alljährliche Frühjahrsputz-Aktion.

Der Winterdreck muss weg, spätestens mit dem Frühlingsbeginn bekommt Frauchen das Bedürfnis nach einem blitzblanken Heim. Meine Schlafdecken verschwinden in der Waschmaschine oder werden kurzerhand an die frische Luft gesetzt. Mein Hundemantel wird endlich eingemottet. Die Mützen werden im Schrank verstaut und die dicken Schuhe in die hinterste Ecke geräumt.

Ein Frühjahrsputz wirke reinigend auf das Gemüt, meint Frauchen. Dabei macht sie auch vor mir und meinem Fell nicht halt. Ich finde, ich bin zu jeder Zeit sauber. Es würde vollkommen ausreichen, mich ab und an zu bürsten. Frauchen sieht das anders. Sie packte mich kurzerhand in

Meine Plüschtiere brauchen dringend frische Frühlingsluft.

die Dusche und shampoonierte meinen ganzen Körper. Obwohl Golden Retriever wahre Wasserratten sind, kann ich auf Reinigungsgänge unter der Dusche dankend verzichten. Ein Bad im Nachbarsteich würde vollkommen ausreichen, um den losen Schmutz aus meinem Fell zu spülen.

Wenn Frauchens Putzwut um sich greift, ist leider nichts und niemand vor ihr sicher. Zum Glück hatte sie nach getaner Arbeit endlich Muse, um die Beine hochzulegen und genüsslich in der Frühjahrssonne zu dösen. Ich wusste, sie war lernfähig und bis zum nächsten Frühjahr war es Gott sei dank noch eine Weile hin.

Altersteilzeit und Ruhestand

Zugegeben, meine Leistungsfähigkeit lässt mit den Jahren nach. Ich bin schneller erschöpft und für so manche Aufgabe brauche ich etwas mehr Zeit als noch in jungen Jahren. Früher apportierte ich die von Frauchen geworfenen

Tennisbälle so schnell, dass sie meist zwei davon im Einsatz hatte. Ich schoss wie ein Pfeil durch die Gegend und löste diese Trainingsaufgabe mit Begeisterung. Heute brauche ich zum Zurückbringen von einem Ball eine ganze Weile. Allerdings muss ich feststellen, dass wie so oft im Leben auch bei

Arbeitseifrig mit vollem Körpereinsatz

der Arbeit alles eine Frage der Motivation ist. Die mit leckeren Brötchen gefüllte Tüte apportiere ich blitzschnell in jeden Winkel des Hauses. Mein Arbeitslohn beträgt umgerechnet eine Schrippe „Rustico“. Diese Aufgabe würde ich nie und nimmer an jemand anderen abgeben wollen.

Früher war mein Arbeitseifer rund um die Uhr kaum zu bremsen. Heute lasse ich schon mal alle fünf gerade sein.

Heute beschränke ich mich auf geistige Leistungen.

Ein Leben ohne Arbeit ist für mich allerdings auch im fortgeschrittenen Alter undenkbar. Frauchen und Herrchen haben ein gutes Gefühl dafür, welches Arbeitspensum sie mir wann zumuten können. Nach einem ausgedehnten Spaziergang trägt Frauchen schon mal selbst die Schmutzwäsche in den Keller. Während ich zu Hause warte, bis die beiden von ihren

Auswärtsterminen zurückkommen, steht es außer Frage, dass ich bei der anschließenden Einkaufstour mit von der Partie bin. Ich liebe aktive Büroarbeit als Postbote und „Papierkorbentleerer" und ich gönne mir eine Auszeit in Form des Büroschlafs. Natürlich entgeht mir in passiven

Die Zeitung ist leider schon wieder teurer geworden.

Phasen so manche Belohnung. Aber was ist schon Futter gegen geschenkte Lebenszeit, die man ohne feste Termine und Zwänge genießen kann.

Ich arbeite nur dann, wenn es mir Spaß macht. Darin sehe ich die Vorteile im Arbeitsleben eines angehenden vierbeinigen Rentners. Gerne gebe ich meine Erfahrung und mein Können an die jüngere Generation weiter. Liebend gerne schule ich junge Fellnasen darin, wie sie mit

Ist die Taschengröße ausreichend für meine Brotzeit?

Unschuldsblick erfolgreich betteln und wie sie es schaffen, dass sich die ganze Welt nur um sie dreht. Auch meine Erfahrung auf Reisen ist für so manchen Vierbeiner hilfreich, wenn die erste Urlaubsreise bevorsteht. Diese Aufgaben halten mich geistig und körperlich fit. Aber ich könnte mir beim besten Willen nicht mehr vorstellen, täglich von morgens bis abends voll eingespannt zu sein.

Arbeiten nach Lust und Laune – bei freier Zeiteinteilung.

Dickkopf oder Altersstarrsinn

Ältere Menschen bezeichnet man oft als unnachgiebig und eigensinnig. Immer öfter klingen solche Vorwürfe in meinen Ohren. „Ipo wird im Alter immer mehr zum Dickkopf", seufzte Frauchen erst vor kurzem. Herrchen nickte zustimmend. Die Ursache meines vermeintlichen Alters-

Was wollt ihr denn?

starrsinns sehe ich aber überwiegend in Interessenskonflikten. Meine Dickköpfigkeit hat nichts mit meinem fortgeschrittenen Lebensalter zu tun. Ich weiß einfach, was ich will und bin immer weniger kompromissbereit, wenn es darum geht, das zu tun, was andere von mir erwarten.

Während meiner Ausbildungsjahre gierte ich geradezu danach, Frauchens Anordnungen zu befolgen. Herrchen konnte mich aus vollem Lauf abrufen oder ablegen. Ich hing förmlich an Frauchens Lippen und befolgte ihre Befehle „Sitz", „Platz", „Bleib" mit schlafwandlerischer Sicherheit. Heute kümmere ich mich immer weniger um ihre Anweisungen. Wenn Wichtigeres meine ganze Aufmerksamkeit verlangt, ignoriere ich Frauchen schon mal. Erst wenn ich Duftspuren genau analysiert oder eine neue Hundebekanntschaft ausreichend beschnuppert habe, kehre ich zu ihr zurück. Dieses Verhalten bringt sie regelmäßig auf die Palme. Auch die Hartnäckigkeit, mit der ich meinen gut gefüllten Futternapf unberührt stehen lasse, stößt bei ihr nicht gerade auf Begeisterung. Auch das passiert

Ich verstehe leider nicht ganz.

nur dann, wenn sie versucht, mir Sachen unterzujubeln, die nicht schmecken. Mit Sicherheit kann ich darauf warten, dass sie das ungeliebte Futter mit frisch gemahlenem Parmesan oder gedünstetem Brokkoli aufpeppt. Sobald sie die Zutaten unter das Futter gemischt hat, kehrt mein gesunder Appetit zurück.

Bei aller Eigensinnigkeit bin ich zum Glück ein Retriever, dem der „will to please" angeboren ist. Mein Starrsinn hält sich alleine deshalb in verträglichen Grenzen. Wir Goldies lieben nichts mehr als Lob und Anerkennung in Form von Streicheleinheiten und leckeren Belohnerlis. Wir hören nichts lieber als: „Du bist der Allerbeste!" Diese

Aussage lässt uns nur so dahinschmelzen. Ja, dafür sind wir sogar bereit, alle unsere Prinzipien über den Haufen zu werfen.

Meint ihr etwa mich?

Alters-Zipperlein

Mit knapp fünfzehn Jahren bin ich noch ziemlich fit. Doch auch ich bin nicht vor alterstypischen Erkrankungen gefeit. Nach dem Motto „vorbeugen ist besser als heilen" tut Frauchen alles, damit ernsthafte Erkrankungen bei mir keine Chance haben. Gemeinsam mit meinem Tierarzt hat sie meine Gesundheit ständig im Blick. Wir

Gesundheitsvorsorge vom Scheitel bis zur Pfote

besuchen ihn in regelmäßigen Abständen. Dank seiner naturheilkundlichen Aufbaupräparate fühle ich mich anschließend immer wie neu geboren. Für jedes Wehwehchen findet er das passende Heilmittel. Gleich ob ich mich vertreten habe oder mein Stoffwechsel lahmt, er weiß immer Rat. Ich vertraue ihm und habe ihm viele gesunde Tage zu verdanken. Allerdings ist er auch derjenige, der mir aus Rücksicht auf meine Gesundheit so manchen

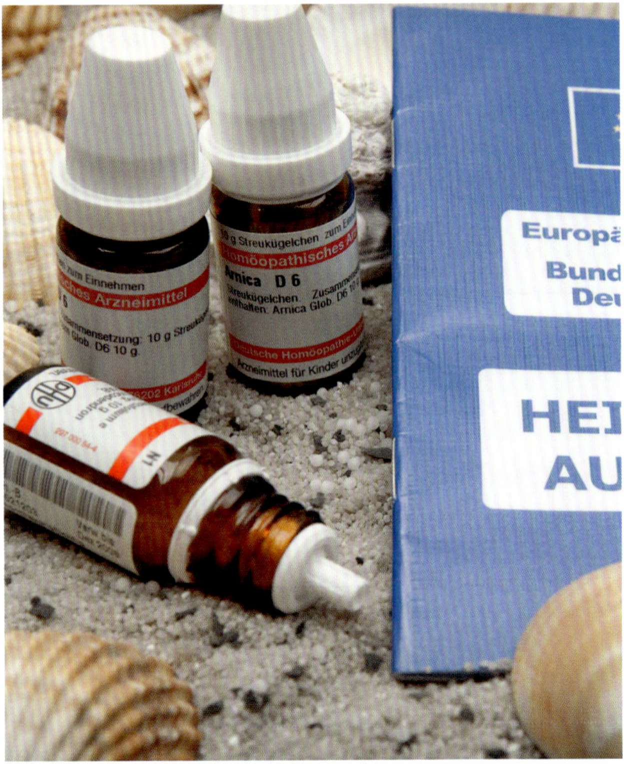

Gegen jedes Wehwehchen ist ein Kraut gewachsen.

Spaß verbietet. Er war es, der die Badesaison auf die Hochsommermonate verkürzte. Er riet dazu, auf die alljährliche Urlaubsreise nach Sardinien zu verzichten. Er wusste um das Problem mit Flöhen, Zecken und Co. All die Jahre verabreichte er die Parasitenprophylaxe für die Reisen in den Süden. Verständlich, dass er Bedenken hatte, ob meine Organe die Insektizide noch ausreichend ausscheiden und abbauen würden. Er regte an, die Treppen zu versperren, damit ich diese nicht ständig hoch und runter laufen würde. Immer öfter zwickte es an den Hinterläufen und wie im Welpenalter schien es sich mit jedem „treppauf, treppab" zu verschlimmern.

Mit meinen fünfzehn Jahren bezeichnet er mich als Methusalem unter den Goldies. Er unterstützt mich dabei, gesund zu altern. Er weiß, dass ich mich weder bei einer verletzten Pfote, noch bei einer Augen- oder Ohrenentzündung geschlagen gebe. Ich kämpfe immer wieder darum, vollkommen gesund zu werden. Das scheint ihm zu imponieren. „Ipo ist ein schlechter Kranker", behauptet Frauchen. Sie hat Recht. Ich versuche, jede Krankheit so

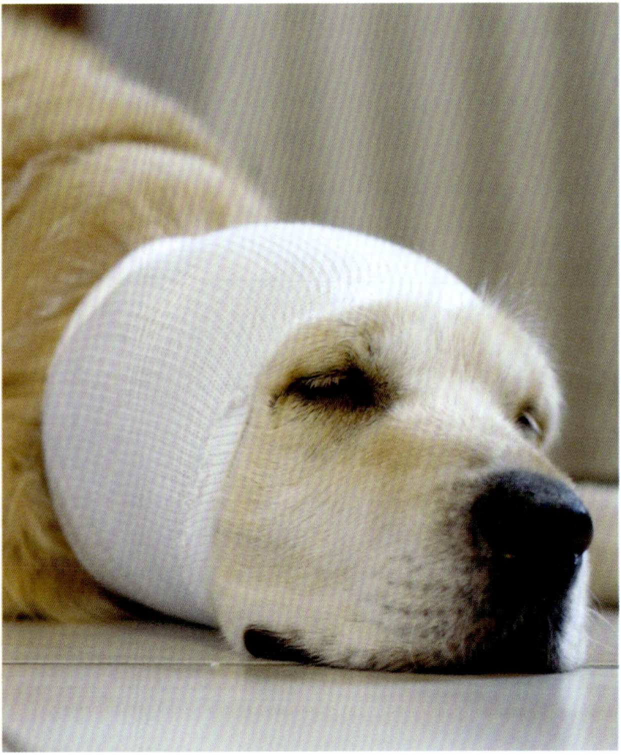

Wer nicht hören will, muss fühlen.

lange wie möglich zu ignorieren und vertraue voll und ganz auf meine Selbstheilungskräfte. Durch mein Verhalten merkt Frauchen leider immer erst sehr spät, wenn mir etwas Ernsthaftes fehlt. Verletzungen an der Pfote kaschiere ich gekonnt. Frauchen bemerkt diese erst, wenn ich auf drei Pfoten durch die Gegend laufe. Dann ist es höchste Zeit, mich zu schonen und alles dafür zu tun, dass die Wunde schnell wieder verheilt. Ich lasse nicht zu, dass Krankheit meinen Körper beherrscht. Ich denke mich gesund und bisher habe ich mit dieser Einstellung noch jede Krankheit besiegt.

Loblied auf das Alter

Ich kann nur bestätigen, was viele Zweibeiner in den besten Jahren behaupten. Man lebt viel gelassener. Mich bringt weder ein läufige Hündin, noch ein rüpelhafter

Mich bringt so leicht nichts aus der Ruhe.

Youngster so leicht aus der Ruhe. Ich weiß, was ich kann. Ich weiß, wer ich bin und ich weiß sehr genau, was ich will.

Ältere Hunde gelten oft als wenig neugierig und Neuem gegenüber nicht sehr aufgeschlossen. Das sind pauschale Vorurteile. Die Lebenszeit wird kürzer, aber dafür leben wir umso intensiver. Im Grunde sind wir nur so alt, wie wir uns denken. Würde ich mich nur darauf konzentrieren, was im Alter nicht mehr geht, würde ich

Jungspunde mit reichlich Blödsinn im Kopf

tatsächlich bald ganz schön alt aussehen. Statt zu jammern, dass das Aufstehen an manchen Tagen schwerfällt und die Spazierrunde gemächlich verläuft, konzentriere ich mich lieber auf die positiven Seiten des Älterwerdens. Zugegeben, ich bin ein Optimist und die Jahre können meinem positiven Selbstbild nichts anhaben. Aber ich finde es einfach viel besser, sich auf die schönen Seiten des Lebens zu konzentrieren.

Um das Leben zu genießen, ist man nie zu alt.

„Dafür bin ich zu alt." Dieser Satz existiert in meinem Sprachschatz nicht. Noch immer biete ich jedem Besucher ein Spielchen an. Ich freue mich, wenn sich Frauchen neue Suchaufgaben für mich ausdenkt, die meinen Grips fördern und meinen Körper schonen. Ich nehme aktiv an unserem Familienleben teil und bin offen für alles Neue. „Oldie but Goldie", beschrieb mich eine gute Freundin vor kurzem. Auch wenn ich zu den grauen Schnauzen gehöre, habe ich mir alles bewahrt, was mich als Vertreter meiner Rasse auszeichnet: Freundlichkeit, Sanftmütigkeit und die Lust am Leben.

Souveräner Seniorchef

Auch wenn ich mehr und mehr aus dem operativen Geschäft zurückziehe und die Jagd auf junge Hühner und Bälle immer öfter der jüngeren Generation überlasse,

Ich bin der Boss.

stehe ich den jungen Wilden mit meiner ganzen Erfahrung beratend zur Seite. Wenn ich solchen Draufgängern begegne, erinnere ich mich an meine eigene Sturm- und Drangzeit. Ich war voller Energie und wollte die Welt erobern. Heute bin ich in vielen Dingen souveräner geworden.

Auf meiner letzten Reise nach Sardinien beobachtete ich einen jungen Vierbeiner, wie er sich am Hafengelände

Alles paletti!

beim Ballspielen voll verausgabte. Seine Nervosität, was ihm wohl bevorstehen würde, versuchte er mit übertriebener Aktivität zu überspielen. Er pöbelte jeden Vierbeiner an, der an ihm vorbeiging. „Dabei ist unser Samson sonst recht freundlich", entschuldigte sich sein Frauchen.

Ich sah in seinem Verhalten eine reine Übersprungshandlung. Seine Unsicherheit sprach Bände. Ich beruhigte ihn: „Du hast nichts zu befürchten. Die Überfahrt mit

Warum können wir nicht über das Wasser fliegen?

dem Schiff ist nicht viel anders, als eine Autofahrt. Das Meer liegt heute ruhig. Selbst bei rauer See wird den Zweibeinern schneller übel als uns Vierbeinern."

Schon nach wenigen Minuten legte sich der junge Rüde ruhig zu Frauchens Füßen. Er döste vor sich hin. Als die Mannschaft mit der Verladung der Autos und LKWs begann, schien er mir zuzuzwinkern und mir sagen zu wollen: „Danke für deine wertvollen Tipps!"

Robinson Crusoe würde auch hier bleiben.

Angekommen auf Sardinien, verhielten sich die anderen Hunde mir gegenüber ebenfalls anders, als die Jahre zuvor. Vor allem die männlichen Vierbeiner ließen mich gewähren. Wenn ich früher die Surfschule betreten hatte, hatte ich erst einmal allen wieder klar machen müssen,

Was soll ich Euch lernen?

dass ich auf bestimmte Zeit die Rolle des Platzhirschen übernehmen würde. Dieses Mal schien überhaupt kein Zweifel daran, wer von nun an das Sagen hatte. Im Gegenteil, jeder marschierte gelehrig hinter mir her, als wolle er so viel wie möglich von mir lernen. Kein Wunder, ich wusste, wie man sich gekonnt in italienische Restaurants schmuggelt und wie man erfolgreich vor der Eisdiele bettelt. Ich hatte viel Erfahrung, was die Eroberung zwei- und vierbeiniger italienischer Herzen betraf. Auf der italienischen Speisekarte erkannte ich die Gerichte, die für verwöhnte Hundemägen geeignet sind und welche Speisen Magenprobleme hervorrufen. Ich ortete aufziehende

Gewitter früher als jeder andere und half Angsthasen, rechtzeitig ein sicheres Versteck aufzusuchen. Ich konnte das Meer lesen und wusste, wie man sicher durch tobende Wellen kommt. Reisen nach Sardinien waren meine ganz besondere Spezialität.

Kein Wind und Sturm in Sicht.

Skiurlaub mit Hüttenzauber

Auch unter den Winterurlaubern gehöre ich zu den alten Hasen. Seit meinem Welpenalter bin ich bei Skiurlauben mit von der Partie. Frauchen wählt nur Hotels für uns aus, in denen Vierbeiner gern gesehene Urlaubsgäste sind. Ich benehme mich immer vorbildlich und genieße die Zeit im Hotel.

Einkehrschwung

Als Youngster fräste ich voller Freude durch den frischen Pulverschnee. An manchen Tagen schneite es unaufhörlich und ich verschwand förmlich darin. Auch wenn die Temperaturen in den Keller fielen und eisiger Nordwind über die Schneeflächen fegte, genoss ich die Spaziergänge im hochalpinen Gelände.

Schneefräse auf vier Pfoten

Auf meinem Morgenspaziergang begegnete ich häufig einem Labrador. Wir kannten uns seit unserer Jungend. Wir waren gleich alt und hatten so manche gegenseitige Revierabgrenzung durchlebt. Er war in den Bergen zu Hause. Im Winter arbeitete sein Herrchen am Skilift. Leo war sein ständiger Begleiter. Jeden Morgen fuhren sie mit dem Sessellift zu Herrchens Arbeitsplatz. Für Leo war es

Schneebad

das Paradies auf Erden, aber mit zunehmendem Alter fiel es ihm schwer, sein Herrchen zu begleiten.

„Weißt du", klärte er mich auf. „Meine Glieder schmerzen, wenn der kalte Wind um mein Fell weht. Ich ziehe mich dann lieber in Herrchens warme Stube zurück und döse bis zum Abend."

Ich wusste nur zu gut, was Leo damit meinte. Auch bei mir häuften sich die Tage, an denen ich mich trotz Win-

Warm eingepackt

termantel nicht mehr erwärmen konnte. Die Kälte kroch durch die Pfoten und sie fühlten sich taub an. Früher konnte ich das flaue Gefühl mit erhöhter Laufgeschwindigkeit vertreiben. Heute half nur der Weg in eine kuschelig warme Stube.

Frauchen erkannte das schnell und suchte nach alternativen Urlaubsbetätigungen. Die Spaziergänge fielen kürzer aus. Dafür durfte ich sie auf den Shoppingtouren begleiten. In jungen Jahren hatte sie mich schon mal im Hotelzimmer zurückgelassen. Meist hatte ich mich beim Toben im Schnee so verausgabt, dass ich die Ruhephase bis zum Abendessen dringend nötig gehabt hatte. Ich war ihr

wirklich nicht böse gewesen, wenn sie mit Herrchen als Einkaufsberater vorlieb nahm. Ich wusste, auf ihn war Verlass. Sicherlich würde er Frauchen erinnern, was hunde- und ipogerechte Kleidung ist. Dank Halbpension konnten wir die vielen Lebensmittelgeschäfte ignorieren und ansonsten war für alles gesorgt. Im goldenen Alter durfte ich mit in die Geschäfte. Ich blühte förmlich auf. Ich genoss die bewundernden Blicke der Zweibeiner und ließ mich gerne von ihnen durchkraulen.

Stubenhocker

Bis heute zähle ich mich nicht zu den Stubenhockern, aber ich gebe zu, dass ich die Hütten mit zunehmender Begeisterung von innen betrachte. Meist gibt es darin einen gemütlichen Kachelofen, vor dem es sich wunderbar träumen lässt. Mit einem Hundekeks zur Stärkung besitze ich wieder ausreichend Kraft für den Heimweg. Ich treffe auch alte Bekannte, die wie ich in die Jahre gekommen sind. Wenn sie klagen, dass ihnen der Rummel in Skihütten und Shoppingarcaden zu viel geworden ist, kann ich das noch nicht nachvollziehen. Vermutlich wird es bei mir noch einige Jahre dauern, ehe ich mich als Dauergast im Hotelzimmer einquartieren werde.

Alpentouristen

Hoch lebe Ipo!

Seit Wochen rankten Frauchens Gedanken nur noch um ein Thema. Mein fünfzehnter Geburtstag stand an und so gut wie ich drauf war, gab es allen Grund, diesen gebührend zu feiern. Frauchen und Herrchen kannten mich bestens. Ich konnte ihnen guten Gewissens die Vorbereitungen für mein Geburtstagsfest überlassen. Und doch wollte ich mir so manchen Geburtstagswunsch nicht verkneifen.

Zum Glück fing Herrchen meine Gedanken auf: „Ipo würde vermutlich am liebsten an mehreren Tagen seinen Geburtstag feiern.“

„Du meinst, so wie wir bei uns zu Hause runde Geburtstage feiern.“, erwiderte Frauchen.

„Genau so! An einem Tag feiern wir mit der Familie. Am nächsten Tag gibt es die Party mit Freunden und am darauffolgenden Tag das Geburtstagsfest mit den Arbeitskollegen.“

Frauchen war sofort Feuer und Flamme. Noch ehe er den Satz zu Ende gesprochen hatte, begann sie bereits mit den Vorbereitungen. Ich beobachtete das Treiben von meiner Hundedecke aus. Ist doch schön, wenn man sich seelenruhig zurücklehnen und jemand anderem die ganze Arbeit überlassen kann, dachte ich.

Als die Menüvorschläge zur Debatte standen und mir Wortfetzen wie „Pizza, Thunfisch Nudeln und Shrimps“ zu Ohren kamen, zeigte ich Präsenz.

„Ist schon klar, Ipo. Warum sollte dein Geburtstag nicht genau so starten, wie unserer. Wir planen also erst einmal ein

Ich lass die mal machen.

ausgiebiges Frühstück mit frischen Brötchen.“ Kaum hatte Frauchen den Satz zu Ende gesprochen, stand ich schon aufgeregt an der Tür. „Nein, Ipo! Nicht heute. Du musst schon warten bis zu deinem Geburtstag.“ Meine Lieblingsspeisen klangen noch im Ohr und so zog ich mich bereitwillig auf mein Hundebett unter Frauchens Schreibtisch zurück.

„Ich habe einen Hundebäcker gefunden, der Geburtstagstorten für Vierbeiner macht.“ Herrchen wedelte triumphierend mit der Bestellbestätigung.

„Eine tolle Idee. Ich habe gerade eine Bäckerei gefunden, die individuelle Geburtstags-Herzen für Vierbeiner anfertigt. Ich habe auch eines für Ipo bestellt.“

Den beiden war wirklich nichts zu teuer. Mit welchen Tücken die Doggie-Bäckereien für eine fristgerechte Lieferung zu kämpfen hatten, kam erst zu einem späteren Zeitpunkt ans Licht.

Mein großer Tag rückte näher. Ungeduldig wartete Frauchen auf die Paketpost. Tatsächlich trudelten die ersten Geschenkkartons ein. Ich durfte stets nur kurz den Absender erschnüffeln. Dann wurden die Pakete sorgsam verstaut. Ich sollte alle Geschenke erst an meinem Geburtstag bekommen. Ich hoffte, dass keine verderbliche Ware dabei wäre. Das wäre eine schöne Bescherung geworden! Meine Fellnase machte allerdings nichts Fressbares aus. Meine Freunde wussten von meiner unbändigen Spiellaune und vermutlich haben sie mir dafür was Lustiges eingepackt.

Als auch am Tag vor meinen Geburtstag die Pakete von den Hundebäckereien ausblieben, klemmten sich Frauchen und Herrchen hinter das Telefon.

„Der Bäcker ist gestern aus dem Urlaub zurückgekommen. Er hat sich gleich daran gemacht, Ipos Herz zu backen.

Es ist auf dem Weg und müsste morgen pünktlich ankommen." Die Anspannung wich sichtlich aus Frauchens Gesicht.

„Leider sind die Hundetorten beim Backvorgang gebrochen", hörte ich Herrchen seufzen. „Der Teig ist so dick, dass er leicht zerbricht. Eine Torte allein mit hundegerechten Backzutaten herzustellen – das ist ein echtes Meisterwerk. Ipo zuliebe würden sie in der Backstube nach einem gelungenen Exemplar suchen. Allerdings käme die Torte dann mit einem Tag Verspätung an."

„Wenn wir sowieso drei Tage feiern, ist es doch egal, wenn die Torte einen Tag nach deinem Geburtstag eintrifft, was Ipo?" Frauchen lachte und wandte sich ihrer Einkaufsliste zu.

Die Vorbereitungen liefen bereits auf Hochtouren. Angesichts des zu erwartenden Geburtstagsmarathons wurde mir allerdings strikte Ruhe verordnet. Auch wenn mich langsam das Gefühl beschlich, dass mir die Planung und Gestaltung meines Geburtstages aus den Pfoten genommen wurde, ließ ich die beiden gewähren. Bis jetzt war alles, was die beiden anpackten, in meinem Sinne. Bei meinem fünfzehnten Geburtstag würde es sicherlich genauso sein.

Mein Vertrauen in die beiden wurde mehr als belohnt. Frauchen weckte mich an meinem Jubeltag zwar etwas früh. Die Aussicht auf frische Brötchen machte mich allerdings schnell hellwach. Herrchen stand schon bereit. Als er die Haustüre öffnete, lag ein schön verpacktes Geschenk

Darf ich die Torte jetzt endlich anbeißen?

am Boden. „Für Ipo“, stand da geschrieben. Frauchen nahm mir das Päckchen aus dem Maul. „Das kannst du öffnen, wenn ihr vom Bäcker zurück seid.“ Kaum hatte ich die Brötchentüte gegen eine extra große Belohnung abgeliefert, machte ich mich über das Paket her. Ich erschnüffelte gesunde Zahnpflege-Snacks. Frauchen half mir, die Karte zu öffnen. Ein fröhlicher Geburtstagssong trällerte mir entgegen. Als ich vom Morgenspaziergang zurückkehrte, erwarteten mich bereits die nächsten Gratulanten mit Luftballons, Dinkel-Grissini, Lieblings-Keksen und jeder Menge Streicheleinheiten. Dieser Tag fing gut an. Kaum hatten sich die ersten Gäste verabschiedet, bog auch schon das Postauto um die Ecke. „Na, Ipo. Alles Gute zum Geburstag! Ich habe jede Menge Geschenke für dich dabei.“ Ich wich ihm nicht mehr von der Seite. Herrliche Düfte strömten durch meine Nase. „Bei so vielen guten Wünschen und leckeren Geschenken wirst du sicherlich hundert Jahre.“ Frauchen lachte und legte mir das Geburtstagsherz um. Herrchen schnappte sich den Karton mit dem Hundekuchen. Ich hatte den Eindruck, er wäre aufgeregter als ich. Frauchen ließ uns gewähren. Aber sie ließ es sich nicht nehmen, kleine Wachskerzen auf die Torte zu setzen. Ich hätte auf diese Dekoration verzichten können, aber wenn es ihr Freude macht, kann ich mich beherrschen. Von ihrer Idee, ich solle meinen vierbeinigen Freunden von der Torte abgeben, war ich weniger begeistert. Ich sicherte mir ein großes Stück. Der Hundebäcker hatte sich wirklich Mühe gegeben. Ihm ist ein wahrer Leckerbissen gelungen. Allerdings war ich nach einem Stück pappsatt. Ruhig beobachtete ich, wie Frauchen einige Tortenstücke apportierfähig verpackte. Bei den Hundedamen lieferte ich diese gerne selbst ab. Die männlichen Kollegen wurden von Frauchen bedient.

Bei strahlendem Sonnenschein absolvierte ich meinen Mittagsspaziergang. Anschließend war ich hundemüde. „Ipo braucht jetzt Ruhe“, erkannte Frauchen. Die beiden ließen mich wohlweislich für einige Zeit alleine zurück. Ein aufregender Abend sollte folgen. Herrchen orderte Pizza – mein Leibgericht. Auf dem Weg zum Italiener lief mir bereits das Wasser in der Schnauze zusammen. Für mich als Stammgast legte der Restaurantbesitzer italieni-

Ich liebe die italienische Variante der Geburtstagstorte.

sches Weißbrot dazu. Ich fühlte mich wie im siebten Hundehimmel. Den ganzen Tag jagte ein Highlight das nächste. Ich bekam jede Menge Leckerlis und Sreicheleinheiten. Ich durfte betteln, bellen und mich auch mal selbst bedienen. Auf diesen Tag kann man aufbauen, dachte ich, als ich abends die Augen schloss. Von mir aus kann es ruhig bis zum nächsten Geburtstag so weitergehen.

Aloha Coach

„Was macht ihr nur, dass Ipo mit fünfzehn Jahren noch so gesund, vital und voller Lebensfreude ist?“ So mancher Hundehalter vermutet, dass ein Geheimnis dahinter steckt. Dass ich auch im hohen Alter noch so voller Leben bin – dafür gibt es ein einfaches Rezept.

Fit und gesund im Alter – dafür gibt es ein einfaches Rezept.

Wenn ich am Morgen meine Augen öffne, denke ich nicht daran, was heute so alles auf mich zukommen könnte. Ich mache mir keine Sorgen, ob das Hundefutter reicht oder ob das Wetter gut ist. Ich begrüße den Tag mit Strecken und Recken. Freudig wecke ich Frauchen und Herrchen und ernte dafür ein Lachen in ihren Gesichtern. Ich sorge dafür, dass mein Tag gut anfängt.

Aloha Ipo damals auf Hawaii und heute

„Ipo, das ist Aloha Spirit auf vier Pfoten", davon ist Frauchen überzeugt. Mag sein, dass ich diese positive Lebenseinstellung aus meinem ersten Leben auf Maui/Hawaii mitgenommen habe. Auf jeden Fall kann ich nicht anders. Ich bin einfach gut drauf. Ich habe Freude am Leben und wenn es mal zwickt oder zwackt, nehme ich es nicht so tierisch ernst. Der Tag vergeht, ob ich nun

Das Leben ist ein großes Abenteuer.

griesgrämig in der Ecke döse oder freudig durch die Gegend tanze.

So mancher Vierbeiner hat dieselbe Lebenseinstellung und -zielsetzung. Ich bin auf der Welt, um Freude zu empfinden, an andere weiterzuschenken und mit ihnen zu teilen. Ich lebe den Moment. Ich bin ganz bei dem, was ich gerade mache. Für mich zählt einzig das Hier und Jetzt. Wenn ich fresse, schmecke ich, was Frauchens leckeres in

Eitel, heiter Sonnenschein

den Napf gelegt hat und achte nicht darauf, wie viele Kalorien die Leckerbissen haben. Auf meinen Spaziergängen erlebe ich die Welt Schritt für Schritt, Grashalm für Grashalm. Frauchen scheint dagegen schon beim Weggehen daran zu denken, was sie nach unserer Rückkehr noch alles zu erledigen hat. Ich tauche tief in den Schlaf ein und habe dabei kein schlechtes Gewissen, das ich etwas unerledigt lasse. Ich möchte nicht wissen, was sich Frauchen so manche Nacht für den nächsten Tag vornimmt. Kein Wunder, dass ihr Schlaf dann nicht so erholsam ist.

Von Zweiflern höre ich: „Ipo ist ein Hund. Bei uns Menschen ist das anders. Das Leben ist nicht immer eitel,

heiter Sonnenschein." Klar drückt mich manchmal auch Leid und Kummer. Erst vor kurzem hatte ich meine Vorderpfote an einer Glasscherbe aufgeschlitzt. Ich hatte mächtig zu kämpfen, dass ich mich auf dem eisigen, glatten Boden bewegen konnte. In jungen Jahren konnte ich auf drei Pfoten genauso schnell durch die Gegend flitzen

Krankheit geht – Gesundheit kommt

wie auf vieren. Aber ich gebe die Hoffnung nie auf. Es geht immer wieder in die andere Richtung. Zu Beginn tat jeder Schritt höllisch weh. Mit jedem Tag wurde es besser. Heute bin ich wieder gesund und habe den Vorfall schon fast wieder vergessen.

Aloha Spirit bedeutet, das Leben mit Freude, Freunden und dem Herzen zu leben. Für mich gibt es jeden Tag zahlreiche Möglichkeiten dazu, im Hier und Jetzt und nicht am Ende des Regenbogens in einer anderen Welt.

Ich zähle nur die glücklichen Jahre.

Autorenteam Beate Schmöller und Golden Retriever Ipo

Danke
– oder wie Ipos hawaiianische Freunde sagen würden – Mahalo

Mahalo Ipo für Deine Lust am Leben auch mit grauer Schnauze.
Mahalo Robert für die wunderbaren Bilder von Ipo im Seniorenalter.
Mahalo liebe Familie und Freunde. Tief in Euren Herzen hat Ipo seinen Platz.
Mahalo Wolfgang für Deine feinfühlige, naturheilkundliche Betreuung von Ipo.
Mahalo Alexander für Ipos sorgsame, medizinische Betreuung.
Mahalo an Kathrin Nord für Ihr Feingefühl als Lektorin.
Mahalo Ihr lieben Ipo Fans. Dank Euch gibt es dieses heitere Seniorenbuch.
Mahalo an alle Vierbeiner, die unserem Leben einen Sinn geben.
Mahalo an alle Tierliebhaber, die sich irgendwo für eine bessere Tierwelt einsetzen.
Mahalo an alle, denen Ipos Geschichten so gut gefallen, dass Sie diese weiterempfehlen.

Hundeerzählromane – Ipos Leben in drei Bänden

Aloha auf vier Pfoten 1

Ein Golden Retriever erobert die Welt

In Band 1 erzählt Ipo aus seinen ersten acht Lebensjahren. Er erzählt von seinen Ursprüngen auf Hawaii. Heiter und einfühlsam beschreibt er seine Zeit als Welpe bis zum erwachsenen Goldie. 66 Geschichten aus Alltag und Reisen quer durch Europa. Mit vielen Bildern untermalt.

ISBN: 978-3-9811146-1-4 (Printausgabe)
ISBN: 978-3-9811146-6-9 (eBook Format EPUB)
ISBN: 978-3-941745-00-1 (eBook Format PDF)

Aloha auf vier Pfoten 2

Ein Golden Retriever erobert die Welt

In Band 2 schildert Ipo, wie man ein erwachsener Hund wird und gleichzeitig seine Neugier und Lebensfreude behält. Neben Erlebnissen aus dem Alltag und von vielen Reisen philosophiert Ipo über die „Zweibeiner". Mit vielen Bildern untermalt.

ISBN: 978-3-9811146-0-7 (Printausgabe)
ISBN: 978-3-9811146-7-6 (eBook Format EPUB)
ISBN: 978-3-941745-02-5 (eBook Format PDF)

Aloha auf vier Pfoten 3

Ein Golden Retriever erobert die Welt

In Band 3 berichtet Ipo, wie man bis ins hohe Alter fit und gesund bleibt. Mit nunmehr 12 Jahren ist er Lehrmeister, wenn es um Lebensspaß, Aktivität und bedingungslose Liebe geht. Mit vielen Bildern untermalt.

ISBN: 978-3-9811146-2-1 (Printausgabe)
ISBN: 978-3-9811146-8-3 (eBook Format EPUB)
ISBN: 978-3-941745-04-9 (eBook Format PDF)

Aloha Ipo – meine Liebe auf vier Pfoten

Warum wir Menschen unser Herz an feuchte Hundeschnauzen verlieren

Ein wunderbares Geschenkbuch mit feinfühligen Liebesbriefen, gefühlvollen Farbbildern und wunderbaren Collagen – eine Hommage und Danksagung an Ipo.

ISBN 13: 978-3-9811146-4-5 (Printbuch)
ISBN 13: 978-3-9811146-5-2 (eBook Format EPUB)
ISBN 13: 978-3-9811146-9-0 (eBook Format PDF)

Aloha auf vier Pfoten Momente

Ein Philosoph im Hundepelz zeigt, wie jeder Tag zum Glückstag wird

Ipo schildert, wie man den Alltag meistert und Freude in sein Leben bringt. Erstmals liefert ein Vierbeiner die Anleitung zum Glücklichsein. Mit vielen Farbbildern und bewegenden Texten.

ISBN 13: 978-3-9811146-3-8 (Printbuch)
ISBN 13: 978-3-941745-07-0 (eBook Format EPUB)
ISBN 13: 978-3-941745-06-3 (eBook Format PDF)

Hunde Homöopathie

Dr. med. vet. Wolfgang Daubenmerkl

Praxisratgeber eines Tierarztes mit homöopathischer Reiseapotheke

ISBN 13: 978-3-941745-08-7 (Printbuch)
ISBN 13: 978-3-941745-09-4 (eBook EPUB-Format)
ISBN 13: 978-3-941745-10-0 (eBook PDF-Format)

Der AlohaIpo Verlag

Der AlohaIpo Verlag steht für Bücher, die pure Lebensfreude versprühen. Seine Ursprünge kommen aus dem Hawaiianischen. „Aloha" wird auf Hawaii für die liebevolle Begrüßung verwendet und bedeutet „Herzlich Willkommen". Gleichzeitig haben Menschen mit Aloha Spirit eine positive Lebenseinstellung und ein sonniges Lebensgefühl. „Ipo" heißt in der polynesischen Sprache „Liebling".

Erleben Sie die Welt der Bücher mit Aloha Spirit. Tauchen Sie ein in den Zauber der Leichtigkeit und Schönheit von Hawaii. In unseren Büchern geben wir weiter, was Hunde uns schenken – Lebensfreude, Lebensglück und Liebe. Sie sind geschrieben von Menschen, deren Geschichten aus ihren Herzen kommen.